Alitochronie

DU MÊME AUTEUR

Roman
Isfet et Maât,
BOD, juin 2020
L'empreinte de l'ange,
BOD, février 2021
Baagon,
BOD, décembre 2021

Thématique
Excel dévoilé,
BOD, novembre 2020
Word dévoilé,
BOD, mars 2021
PowerPoint dévoilé,
BOD, juin 2021

Jeunesse (*Sous le nom de Charles Pagiaut*)
Milow, le jeune aventurier (1) : Le trésor de Sarah
BOD, juin 2021
Milow, le jeune aventurier (2) : Milow et le secret de la pyramide
BOD, octobre 2021

Pascal Gauthier

Alitochronie

Roman

Édition : BoD – Books on Demand, info@bod.fr
Impression : BoD – Books on Demand,
In de Tarpen 42, Norderstedt (Allemagne)
Impression à la demande

ISBN : 978-2-3223-9425-8
Dépôt légal : octobre 2022

REMERCIEMENTS

Mes remerciements iront, en premier lieu, à toutes les personnes qui ont eu la délicate tâche de me soutenir dans ce nouveau projet, par leurs relectures et conseils avisés ; notamment mon épouse, relectrice assidue. Je suis également reconnaissant envers mes lecteurs de mes débuts et tous ceux qui ont rejoint mon univers, ils me permettent de poursuivre mes errements littéraires et ainsi aboutir à ce nouveau roman.

AVANT-PROPOS

Combien de fois, chacun d'entre nous s'est-il entendu dire : « Et si cela n'avait pas eu lieu ? » ? Nous jouons à nous faire mal, alors que nous le savons tous : il nous est impossible de changer le passé. Pourquoi donc, cette torture inutile ? Probablement qu'elle nous permet d'expier nos erreurs en prétextant qu'il est anormal de ne pouvoir revenir en arrière.

Imaginons un instant qu'il nous soit offert la perspective de vagabonder dans le passé. Aurions-nous le courage de modifier l'histoire ? Serions-nous dans la capacité d'en mesurer les conséquences sur le long terme ? Mais la plus importante des interrogations : Pouvons-nous changer ce qui a déjà eu lieu ?

De nombreux scientifiques ont étudié le voyage dans le temps, notamment Willem Jacob Van Stockum[1], qui en 1937, est le premier à formuler l'idée de boucles temporelles. Un souci de taille… ces boucles

---

[1] Mathématicien néerlandais qui a apporté une contribution importante au développement précoce de la relativité générale.

se heurtent au principe de causalité, un grand fondement de la physique, très souvent illustré par le *paradoxe du grand-père*[2].

C'est donc la fiction qui s'empare du sujet, dont l'œuvre majeure fut sans nul doute <u>La Machine à explorer le temps</u> d'H. G. Wells[3], écrit en 1895. Il est intéressant de noter qu'à la même époque, Charles Renouvier[4], philosophe français, crée un néologisme : « uchronie ». Ce mot est fondé sur le modèle d'utopie dont le u est un préfixe de négation et *chronos*, le temps. Le terme uchronie pourrait se traduire par « non-temps ». L'idée est de partir de l'histoire telle qu'elle a existé, d'en modifier une partie, et d'en inventer les conséquences possibles.

Cette détermination à transformer le passé pour imaginer ce que le futur aurait pu advenir, n'est pas moderne, cette fameuse phrase de Blaise Pascal en est un exemple criant : « *Le nez de Cléopâtre : s'il eût été plus court, toute la face de la Terre aurait changé* » (<u>Pensées</u>).

Dans la lignée de Renouvier, j'ai voulu à mon tour créé mon propre néologisme, devenu le titre de ce roman : Alithochronie. Alors que l'uchronie est l'histoire revisitée, alithochronie est celle qui a véritablement eu lieu, pas la Grande Histoire, mais le détail historique qui a fait que l'histoire est devenue grande. Pour arriver à ce terme, j'ai utilisé les deux mots grecs *alithis*, vrai, et *chronos*, le temps.

J'aurais pu tout aussi bien employer le titre Sérendipité, mais il ne concerne que les découvertes, celles qui par un fait dû au hasard voient le jour. Les plus célèbres d'entre-elles étant la tarte Tatin ou l'exploration de l'Amérique par Christoph Colomb.

---

[2] En voyageant dans le passé, nous pourrions tuer notre grand-père, et donc ne plus exister : ce qui serait un paradoxe.

[3] Herbert George Wells, nom de plume H. G. Wells, né le 21 septembre 1866 à Bromley dans le Kent (Royaume-Uni) et mort le 13 août 1946 à Londres, est un écrivain britannique surtout connu pour ses romans de science-fiction.

[4] Charles Bernard Renouvier, né le 1er janvier 1815 à Montpellier et mort le 1er septembre 1903 à Prades, est un philosophe français, connu pour avoir créé le terme « uchronie », et fondé le néo-criticisme : école qui proposait une synthèse du kantisme, du positivisme et du spiritualisme.

À travers le récit proposé dans ce roman, ce sont quelques-uns de ces fameux « détails étranges » que je vous invite à découvrir, ceux-là mêmes qui ont changé la face du monde, un peu comme le nez de Cléopâtre.

Imaginez qu'un individu mal intentionné, un uchroniste, est trouvé le moyen de voyager dans le passé, qu'il décide de venir perturber ce « détail ». Qu'elles en seraient les conséquences ? C'est justement ce que vont tenter d'éviter nos héros, que nous pourrions affubler du titre d'alithochroniste. Ils n'ont pas le droit à l'erreur… le chaos est possible.

Je vous invite donc à suivre les pas de H. Georges Wells et de sa machine à explorer le temps, de partir dans les méandres des boucles temporelles… bon voyage.

PROLOGUE

Paris, Quartier latin, 13 août 2016 10 h 15

En ce milieu de matinée, la vie commence à peine à s'animer dans ce magnifique quartier historique de la capitale. Les touristes étrangers entament lentement leurs visites, peu à peu les rues s'emplissent de visages admiratifs de l'architecture parisienne.

Un homme se distingue parmi ces estivants, son pas est plus rapide et décidé, il ne prend pas le temps de s'arrêter à chaque vitrine, à chaque devanture un peu antique ; comme la plupart des habitants de Paris, il ne prête plus réellement attention à ces fleurons qui font la renommée de la ville. Il descend la rue de l'Ancienne Comédie, passe devant le plus vieux café de la métropole, Le Procope, une belle enseigne rouge est là pour le rappeler « *Café-Glacier depuis 1686* ». De jeunes Asiatiques se retournent vers lui en s'exprimant par de petits rires enfantins, son visage et sa silhouette leur évoquent un acteur français adulé dans leur pays ; Alain Delon, celui de <u>La piscine</u>[5]. Il prend maintenant sur la droite, boulevard Saint-Germain, il presse le pas, il déteste être en retard. Après quelques minutes de marche, il parvient sur son lieu de rendez-vous ; Les Deux Magots.

Georges s'assied à une des rares tables vides de la terrasse. C'est tout de même étrange, se dit-il, d'avoir choisi cette brasserie fréquentée pour

---

[5] Film de Jacques Deray, sorti en 1969, avec Alain Delon et Romy Schneider.

une entrevue qui se doit, selon son interlocuteur, être discrète. Ce militaire endurci par les batailles et les missions périlleuses ne se sent pas à l'aise parmi la foule ; cela ne fait que deux minutes qu'il attend et déjà l'angoisse de ne rien maîtriser l'envahit. C'est sans doute l'une des raisons de son célibat ; quelle femme pourrait supporter un type comme lui ?

Alors qu'un jeune serveur s'apprête à lui enregistrer sa commande, un homme vêtu d'un costume noir et d'un chapeau s'approche de lui, probablement son contact, se dit-il. L'individu est plutôt grand et mince, il s'arrête net devant la table de Georges.

    – Commandant Magellan ?

    – En personne.

    – Colonel Herbert.

    – Vous arrivez à point, colonel. Que voulez-vous boire ?

    – Rien, allons nous balader dans le parc.

Le pauvre garçon de café regarde désabusé, deux clients partir sans même avoir consommé.

Le square Félix Desruelles se situe à moins de cinquante mètres de la brasserie, Georges suit le colonel sans dire un mot.

    – Les Deux Magots est un lieu historique qui a été durant de longues années l'endroit où de grands noms de l'art se sont rencontrés : Elsa Triolet, Louis Aragon, André Gide, Picasso, Prévert et même Hemingway…

    – … Je suis désolé, mais je n'ai jamais vraiment aimé l'histoire à l'école, colonel.

Ils franchissent la grille du square dans lequel se trouve l'Église de Saint-Germain-des-Prés.

    – C'est bien dommage. Imaginez que vous aillez vécu cinquante ans auparavant, quel bonheur cela aurait été de côtoyer ces personnages.

    – C'est possible, mais je pense que vous ne m'avez pas demandé cet entretien pour me parler littérature ou peinture, colonel.

– Non certes, mais j'aurais pu vous parler de cet homme.

Herbert désigne la statue de Bernard Palissy, qui trône près de l'église.

– Figurez-vous qu'en plus d'être un céramiste renommé, il a dès la fin du XVIe siècle, accumulé des preuves, notamment des fossiles, qui étaient, selon lui, des débris d'animaux. Imaginez s'il avait pu remonter le temps et confirmer ses dires.

– Je ne vois pas où vous voulez en venir, colonel.

– Asseyons-nous.

Ils se posent sur un banc, habituellement réservé aux mamans qui emmènent leurs enfants jouer au toboggan au milieu du square.

– Je vous écoute.

– J'ai, depuis plusieurs mois maintenant, le commandement d'une unité très confidentielle : le SVT.

– Je n'en ai jamais entendu parler.

– Je viens de vous le dire, commandant, c'est un service classé très secret. Peu de personnes sont au courant de son existence.

– Et que signifie SVT ?

– Section des Voyages Temporels…

– … vous plaisantez ! répond Georges en se levant d'un bond.

– Je vous en prie, Magellan, restez assis.

Il s'est renseigné sur Herbert, auprès d'amis bien placés au ministère des armées, à part la description d'un type imbuvable, c'est quelqu'un avec d'excellents états de service.

– Vous allez devoir être très convaincant, colonel.

Georges reprend sa place sur le banc, se demandant bien ce qu'il fait ici.

– Il y a déjà plusieurs années que les services secrets de l'armée travaillent sur une machine qui permettrait de voyage dans le temps.

–   Vous avez demandé au docteur Emmett Brown[6] de vous mettre au point une DeLorean ? dit-il en souriant.

–   Je vous assure qu'il n'y a rien de risible dans mes propos, commandant.

–   Ne vous fâchez pas… mais avouez que votre histoire ne tient pas la route, colonel. Je n'ai jamais entendu parler d'une quelconque recherche sur ce sujet.

–   Je veux bien vous le concéder, mais à votre tour, efforcez-vous de m'écouter jusqu'au bout.

–   Ok, ok, je suis tout ouïe.

–   Comme je vous le précisais, cette machine a bien été réalisée. Mais nous avons rencontré un problème dès les premiers essais avec des humains…

–   … Vous voulez dire que des hommes ont déjà utilisé votre engin ?

–   Deux de nos meilleurs éléments, pour être exact. L'un d'eux s'est radicalisé, et a volé l'un des modules temporels.

–   Vous avez fabriqué combien de ces trucs ?

–   Deux exemplaires, qui en réalité n'en forment qu'un… ils sont, en quelque sorte, dépendants l'un de l'autre. Nous craignons que le voleur se transforme en hacker du temps, et qu'il envisage de changer le monde, en modifiant un élément de l'histoire.

–   Un uchroniste, quelque part.

–   Exactement, mais comment connaissez-vous ce terme ?

–   Je me suis souvent posé la question de ce que serait devenue la société si par exemple Jésus n'avait pas été crucifié. C'est comme cela que j'ai appris ce mot savant.

–   La différence avec notre individu, c'est que lui a maintenant les moyens de réaliser ces modifications du temps.

---

[6] Professeur qui met au point une voiture permettant les voyages temporels dans le film <u>Retour vers le futur</u>, de Robert Zemeckis

Georges se lève, l'air interrogatif, tourne en rond, se met les deux mains sur la tête.

– Je comprends votre scepticisme, commandant.

– N'importe qui le serait.

– D'ici quelques heures, vos doutes disparaîtront.

– Que voulez-vous dire ?

– Avant de vous répondre, acceptez-vous cette mission ?

– Quelle mission ?

– D'arrêter l'uchroniste et de récupérer le module volé.

– Je ne crois pas vraiment à votre histoire de voyage dans le temps, mais c'est le ministre des armées en personne qui m'a signifié ma mutation auprès de votre service. Savez-vous qui lui a suggéré mon nom ?

– Je n'en ai aucune idée, visiblement quelqu'un de bien intentionné lui aurait glissé votre dossier. Je vais être franc avec vous… je ne vous aurais jamais choisi.

– Ah, ah ! Au moins, vous êtes cash, colonel. Écoutez, je ne sais pas où cela va nous mener, mais j'accepte la mission.

– À la bonne heure ! Votre binôme viendra vous chercher dans quelque temps à votre appartement.

– Mon binôme ! Quel binôme ?

– Vous verrez sur place. Une dernière chose, prévoyez des vêtements chauds, vous partirez pour les Alpes.

PARTIE 1
DE LA CANNE À LA GUILLOTINE

Le temps mûrit toute chose ; par le temps toutes choses viennent en évidence ; le temps est père de la vérité.

François Rabelais — <u>Tiers Livre</u>

CHAPITRE 1 : BAPTÊME DU TEMPS

Paris 3e arrondissement, 16 août 2016 11 h 20

Georges fait les cent pas dans son appartement. Il a reçu un message du colonel Herbert ; son binôme vient le chercher ce matin. Durant ces trois derniers jours, il s'est repassé en boucle son entretien avec le commandant du SVT… Service des Voyages Temporels… mais où je m'embarque ? Comment ai-je pu accepter cette mission ? Il a, à plusieurs reprises, envisagé de rappeler Herbert et de lui signifier que la plaisanterie était trop grosse, qu'il revenait sur sa décision. Mais, la curiosité l'a emporté sur la raison.

La sonnerie de l'interphone retentit, Georges se précipite sur le bouton.

– Oui ?

– Commandant Magellan, nous avons rendez-vous.

– Troisième étage gauche.

C'est une voix féminine qu'il a entendue, dans un premier temps surpris, il se dit que finalement cette mission pourrait-être plus agréable qu'il ne l'imaginait.

Il observe par le judas de la porte l'arrivée de sa future coéquipière, elle vient de faire son apparition dans le couloir ; il lui ouvre.

    –   Commandant Magellan ?

    –   C'est bien moi.

    –   Mélanie Saintonge, lui répond-elle en lui tendant la main.

    –   Entrez, je vous en prie.

Alors qu'elle pénètre dans l'appartement, il se surprend à l'étudier de pied en cap. Son allure et son visage sont des plus charmants… Il reprend ses esprits, et s'en veut d'une telle attitude. Mon interminable célibat commence à peser sur mon comportement, se dit-il.

    –   Vous… vous n'êtes pas militaire, mademoiselle Saintonge.

    –   Non, je suis une scientifique, spécialisée en archéologie, au service de la grande muette. Mais, je vous en prie, commandant, appelez-moi Mélanie, nous allons passer de longs moments ensemble durant ces prochaines semaines.

    –   Oubliez également le commandant, Mélanie.

Il l'a fait entrer dans le salon. Elle observe avec attention la décoration de ce fameux Georges Magellan, elle est interloquée, elle s'attendait à trouver des vêtements traînant un peu partout, des cadavres de bouteilles… mais rien de tout cela. Tout est à sa place, bien rangé, elle est même surprise de découvrir une bibliothèque fournie, rien à voir avec les annotations de son dossier militaire, où il est décrit comme un joli cœur très borderline.

    –   Je vous sers quelque chose à boire, Mélanie.

    –   Non, jamais d'alcool avant une mission.

    –   Qui vous a parlé d'alcool ? J'aurais eu du mal à vous en proposer, je n'ai rien de tel chez moi, je n'en bois pas.

    –   Désolé Georges, mais je… enfin, je pensais que… non, oubliez je ne sais plus ce que je voulais dire.

    –   Pas de souci. Mais je vous écoute. Herbert m'a parlé d'une première mission. Dans les Alpes, me semble-t-il ?

    –   Exactement, nous allons à la rencontre d'Hannibal dès demain matin.

Georges la regarde fixement et tente de retenir un fou rire.

–   Je comprends votre défiance, mais je vous assure que vous n'aurez plus de doute d'ici quelques heures.

–   On imaginerait entendre Herbert… je suis désolé, Mélanie. Je ne demande qu'à croire à cette histoire de voyage dans le temps… pour le moment, j'ai l'impression d'être la victime d'une caméra cachée.

Elle laisse planer un long silence avant de lui répondre.

–   Je ne saisis vraiment pas pour quelle raison vous avez été choisi.

–   Nous sommes deux, Mélanie.

Elle esquisse un petit sourire, qui a le don de le charmer.

–   Très bien, nous allons donc devoir nous faire confiance mutuellement, comman… Georges.

–   Je serais le plus heureux des hommes de m'être trompé sur la réalité de cette mission. Vous pourriez commencer par m'expliquer le déroulé des événements.

–   Préparez vos bagages, je vous attends en bas, je répondrais à toutes vos questions durant notre trajet vers les Alpes.

Georges avait déjà préparé un petit sac de voyage et quelques vêtements chauds ; même en été, il peut faire froid à la montagne. Il ferme la porte de son appartement et descend les trois étages par les escaliers. Arrivé au pied de l'immeuble, il s'arrête net et observe, sur le trottoir, Mélanie, qui patiente près d'une petite voiture française. Il ne peut s'ôter de l'esprit qu'il part en vadrouille avec une femme, dont il vient juste de faire la connaissance… afin d'aller rencontrer Hannibal… dans le passé. Cette perspective ne le rassure pas sur son état de santé, mais le joli sourire de Mélanie finit de le convaincre qu'il n'a rien à perdre, au pire aura-t-il passé quelques jours agréables en bonne compagnie.

–   Ne restez pas planté là, Georges.

–   Oui, excusez-moi.

Il dépose son sac dans le coffre du véhicule, et voit celui de son binôme bien plus volumineux que le sien.

– Je croyais que nous partions quelques jours ?

– Oui, 48 heures tout au plus. Pourquoi cette question ?

– La taille de votre valise…

– … ah, non. Mon sac est juste derrière.

Effectivement, un autre bagage, plus petit se trouve sur le siège arrière de la voiture.

– C'est quoi cette valise, alors ?

– Nos vêtements pour la rencontre avec Hannibal.

– Je… je ne comprends pas.

– Enfin, Georges, vous ne pensez tout de même pas qu'au troisième siècle avant Jésus-Christ, on portait une doudoune Décathlon pour traverser les Alpes.

Le commandant Magellan doit se rendre à l'évidence, l'explication de Mélanie est imparable. Il commence à se demander si après tout, il n'allait pas réellement voyager dans le temps…

Georges n'attendra pas d'être sorti du périphérique parisien, pour entamer un interrogatoire sur cette fameuse mission temporelle.

– Dites-moi, vous avez souvent vagabondé dans le… le passé, ou le futur d'ailleurs.

– Une seule fois, et pour répondre à votre deuxième question, nous ne pouvons voyager que dans le passé.

– Et qui est cet uchroniste, dont m'a parlé le colonel Herbert ?

– Ah, Herbert et ses mots savants… vous savez quel nom il nous a déjà donné ?

– Non.

– Alithochroniste. Contrairement aux uchronistes qui cherchent à modifier un petit détail de l'histoire, notre rôle est de faire en sorte qu'il ait lieu.

– J'avoue que ça sonne bien. Mais vous n'avez pas répondu à ma question, qui est-il ?

– … mon ancien coéquipier.

– Herbert me l'avait déjà expliqué. Mais dites-m'en davantage sur lui, je préfère toujours en savoir plus sur un ennemi que je dois traquer.

– Comme a dû vous le dire le colonel, nous étions les deux scientifiques désignés pour réaliser les premiers tests de la machine temporelle. Contrairement à moi, c'est un militaire, c'est probablement la raison pour laquelle ils ont fait appel à vos services.

– Êtes-vous certaines de ses intentions ?

– Pratiquement. Il a souvent exprimé cette théorie selon laquelle il est possible de changer l'histoire, il voulait prouver que le principe de causalité était une mascarade.

– Principe de causalité ?

– Imaginez que vous voyagiez dans le temps et que vous retrouviez votre grand-père adolescent, si vous le tuez, vous ne serez jamais conçu, donc vous ne pourrez jamais voyager dans le temps pour le tuer.

– D'accord, mais si vous pensez qu'il à tord, il n'y a aucun risque.

– Oui, mais imaginez qu'il ait raison…

Georges commence à prendre conscience que cette mission, si ce n'est pas un canular, revêt une importance considérable pour l'avenir… plus précisément pour le présent.

– Pourquoi avoir choisi Hannibal et les Alpes pour cette première escapade temporelle ?

– Les deux modules sont synchronisés, et c'est celui que possède Gérald qui règle la date.

– Gérald ?

– C'est le nom de mon ex-coéquipier.

– Et pour le lieu ?

– Ce n'est qu'un voyage temporel, pas spatial. Nous devons nous trouver à l'endroit exact où se déroule l'événement. Dès que la première personne est sur place, la deuxième peut le rejoindre grâce au second module.

– Cela veut-il dire qu'un seul d'entre nous peut le rejoindre ?

– Non, en étant assez proches lors du déclenchement du module, nous partirons ensemble.

– Mais je croyais qu'il n'y avait eu qu'un seul test avec les humains, et vous ne m'avez pas parlé d'une troisième personne.

– Euh… oui… enfin, c'est une théorie qui a fonctionné sur les animaux.

– Je vais apprendre d'autres surprises comme celle-ci ?

– Non, non… en tous les cas, rien de grave.

– Vous m'en voyez rassuré. Mais, il y a quelque chose que je ne comprends pas, l'uchroniste est déjà parti dans le passé, nous allons donc avoir un décalage de quelques jours avec lui.

– Non, uniquement quelques minutes. Connaissez-vous la relativité d'Einstein, Georges ?

– Vaguement entendu parlé à l'école. Éclairez-moi.

– Selon Einstein, le temps peut être influencé par la masse, c'est-à-dire qu'une étoile assez imposante peut provoquer un changement dans l'espace-temps.

– Je suis désolé, mais je ne comprends rien.

Mélanie stoppe la voiture sur le bas-côté, puis sort une feuille de papier, de la boîte à gant.

– Pour Einstein, l'espace-temps est comme cette feuille, il peut plier sur le poids d'une masse immense. D'autres scientifiques ont poussé le raisonnement plus loin et imaginé qu'il existe plusieurs espaces-temps, les uns près des autres, comme un mille-feuille de périodes différentes. Il suffirait donc d'être capable de sauter d'une feuille à l'autre, d'un espace-temps à l'autre pour revenir dans le passé.

– D'accord, et comme les feuilles du futur n'ont pas encore eu lieu, il est impossible d'y aller.

– Exactement !

– Et le retour ?

– Comment ça, le retour ?

– À quel moment revenons-nous ?

– À la même heure que notre départ. Mais… euh… je dois vous dire…

– … je sens une nouvelle surprise arrivée.

– Nous ne pouvons aller dans le passé que si le premier module y est parti…

– … j'imagine que nous ne pouvons revenir dans le présent que s'il s'y trouve ?

– Oui.

Mélanie reprend la route vers les Alpes, en silence.

– Je ne vous en veux pas, Mélanie. Mais, s'il y a d'autres imprévus du même genre, j'aimerais être au courant.

– Non, rien de plus que nous ne maîtrisions.

– Pourquoi Hannibal ?

– Aucune idée. Il fallait bien qu'il fasse un premier test pour prouver son hypothèse.

Après plusieurs heures de route, ils arrivent à leur hôtel, situé près du col de la Traversette[7] ; le refuge d'Albergo à Pian Del Re en Italie.

– Très accueillant, j'espère qu'Hannibal s'est arrêté ici, lors de sa traversée des Alpes.

– Impossible, il a été construit en 1874…

– … je plaisantais, Mélanie.

– Désolé, j'ai du mal à décrocher, parfois.

– Allons goûter leur cuisine, cela va nous faire du bien.

– Le dîner va devoir être rapide, nous nous levons tôt demain matin, une marche d'une heure nous attend.

---

[7] Le col de la Traversette (italien Colle delle Traversette) est un col des Alpes du Sud, situé à 2 914 mètres d'altitude, à la frontière entre la France (région Provence-Alpes-Côte d'Azur) et l'Italie (Piémont).

– Effectivement, vous avez du mal à décrocher.

Elle lui sourit ; il est sous le charme.

Ils prendront chacun un repas léger dans leur propre chambre, Georges ayant écouté les conseils avisés de sa coéquipière, puis s'assoupirons pour une bonne nuit de sommeil.

Le lendemain matin, dès le lever du soleil, ils sont fin prêts pour le départ. Georges sort de l'hôtel et rejoint Mélanie qui l'attend avec la fameuse grosse valise à ses pieds.

- Vous avez bien dormi, Georges.
- J'avoue que cela fait longtemps que je ne me suis senti aussi bien de si bon matin, dit-il en s'étirant de tout son long.
- À la bonne heure. Tenez, buvez tout ceci, lui dit-elle en lui tendant une bouteille d'eau.
- Vous rigolez, si j'avale tout ça, je vais devoir me soulager toutes les 15 minutes.
- Rassurez-vous, ce ne sera pas le cas. Cela fait partie du protocole de départ pour le voyage temporel.
- De boire de l'eau ? Moi qui commençais à croire à votre histoire…
- … je vous en prie, Georges, je suis sérieuse. Sur nos premières expériences avec des souris, elles revenaient toutes mortes, totalement déshydratées.
- Ah, effectivement… et pour le retour ?
- Nous ne savons pas pourquoi, mais ce n'est pas nécessaire.
- C'est rassurant. Et la suite du protocole ?
- Ôtez votre doudoune et mettez ceci.
- Le fameux vêtement de l'époque d'Hannibal.
- Oui, et l'avantage de ce grand manteau, est que vous n'avez pas besoin de changer vos autres habits, ils seront cachés. En

revanche, enfilez cette paire de chaussettes en fourrure par-dessus vos chaussures de randonnées… les Timberlake n'existaient pas, il y a deux mille ans.

— Très drôle, Mélanie, très drôle. Mais vous ne craignez pas que nous aillions un peu trop chaud ?

Elle lui sourit et sort de sa poche un appareil qui ressemble à un grand téléphone portable.

— Vous n'allez pas me dire que c'est ça votre module temporel, on est loin de la machine de H. G. Wells.

— Pourtant, c'est bien lui qui la mise au point, lui répond-elle en riant.

— Vous vous moquez de moi ?

— Non, Georges. Il se trouve que le professeur qui a créé les modules se nomme Wells. Vous verrez, c'est un homme charmant.

— Non ?

— Si. J'avoue que la première fois que nous avons été présentés, j'ai cru, moi aussi, à une plaisanterie.

— Comme moi, en ce moment, sur l'idée même d'aller visiter le passé.

— Pourtant, dans quelques secondes… Ah, une dernière chose… vous risquez d'être un peu secoué à l'arrivée.

— Vous m'en direz tant.

— Mettez votre main sur mon épaule.

Elle pose son index sur l'écran du module, un bruit strident se fait entendre pendant quelques secondes, puis une détonation… et ils disparaissent…

La perception est indescriptible, aucun son, juste des traits de lumière qui semblent s'étirer à l'infini. Magnifique, se dit Georges, nous y sommes… nous avons réussi… incroyable… Il a l'étrange sensation de traverser un tunnel éclairé d'une lumière enivrante, il est apaisé, heureux… puis soudain, tout s'arrête… il a l'impression de tomber dans le vide, puis se retrouve à genou, une main sur le sol pour retenir sa chute.

Son autre main est toujours sur l'épaule de Mélanie, ils s'observent l'un l'autre, leurs visages sont pâles, une nausée les envahit, qui durera quelques secondes.

Alpes – Col de la Traversette, hiver, 218 avant J. C.

Georges aide Mélanie à se relever, et regarde le paysage autour de lui ; tout est différent. La montagne est recouverte d'un épais manteau blanc, et il fait froid.

– Où est le refuge ?

– Nous sommes en -218, Georges.

– Tout ceci était donc vrai… mais cette neige…

– … nous sommes en hiver. Mais ne perdons pas de temps, nous avons une mission à remplir.

Il se baisse et ramasse un peu de neige, et l'apporte à sa bouche.

– C'était donc vrai… Mélanie, nous sommes revenus dans le passé…

– … Georges, nous devons y aller, nous allons rater Hannibal !

– Ah, oui. La mission… Hannibal… l'uchroniste.

– Ça va aller ?

– Oui, oui. Excusez-moi, mais comprenez que le choc est rude.

– Rassurez-vous, je n'ai fait qu'un voyage de plus que vous, et j'ai toujours du mal à y croire. Mais ce n'est pas le moment de rêvasser, nous devons réellement y aller, maintenant.

– Oui, vous avez raison.

Ils entament leur marche vers le sommet du col. Rapidement, ils aperçoivent, au loin, une énorme troupe et des… éléphants.

– Non ! Je n'y crois pas ! Ce n'est pas…

– Si, Georges… Hannibal.

Il sort de son manteau de fourrure une paire de jumelles, afin d'observer de plus près.

–   Regardez, Mélanie. Je pense que celui qui est en avant du cortège doit être Hannibal. C'est incroyable !

–   Effectivement, c'est bien lui. Mais… oh, non !

–   Que se passe-t-il ?

–   Gérald.

–   L'uchroniste ?

–   Oui, il arrive de l'arrière de la troupe, il semble se diriger vers Hannibal.

–   Quel détail veut-il modifier, vous ne m'avez rien dit à ce sujet, Mélanie ?

–   La canne.

–   La canne ? vous parlez de celle qu'Hannibal a dans les mains.

–   Oui, l'histoire raconte qu'en voulant tester la profondeur de la neige, il a enfoncé sa canne, ce qui a provoqué une avalanche, emportant la plupart de ses hommes. Il suffirait que Gérald lui dérobe sa canne pour que cela n'ait pas lieu.

–   Est-on certain de la véracité de cette histoire ?

–   Nous devons empêcher Gérald d'intervenir pour le savoir.

–   Hâtons le pas, il n'est plus très loin d'Hannibal.

Ils marchent de plus en plus vite, mais ils doivent se rendre à l'évidence, l'uchroniste a trop d'avance sur eux…

–   C'est trop tard Mélanie, nous sommes trop loin pour agir… il est déjà à côté d'Hannibal… et il lui parle.

–   Non, non !

Elle essaie de courir dans leur direction.

–   Gérald, Gérald, ne fais pas ça !

Georges la rattrape, et l'empêche de poursuivre.

–   Ils ne peuvent pas vous entendre d'ici, nous sommes trop loin… il est trop tard, Mélanie.

Elle s'effondre à genou dans la neige, les mains sur le visage.

–   Nous aurions dû mieux nous positionner. Tout est de ma faute…

–   … non, je n'en suis pas certain… visiblement, la discussion est en train de tourner court. Attendez… oui !

Georges observe attentivement la scène avec ses jumelles.

– Que se passe-t-il ?

– Hannibal vient de lui donner un coup avec sa canne, l'uchroniste est au sol.

Quelques soldats descendent de cheval, et s'approchent de Gérald, pris de panique, il se saisit de son module, pose son index dessus. À cet instant, une déflagration retentit.

– Incroyable !

La détonation a été suffisamment forte pour déclencher une avalanche qui s'abat sur l'armée d'Hannibal. Le manteau neigeux au-dessus de l'armée carthaginoise a cédé… elle engloutit une grande partie des hommes, des chevaux… et des éléphants.

– Mon Dieu, c'est horrible…

– … Mélanie, ne soyez pas triste, c'est la véritable histoire qui se joue devant nos yeux. La légende était réelle, c'est juste l'élément déclencheur qui n'était pas le bon.

– Oui, mais tous ces morts…

– … ils le sont depuis plus de 2 000 ans.

Mélanie se relève, sèche ses larmes et pose sa main sur l'épaule de son coéquipier.

– Retournons dans notre présent, Georges.

Histoire

En 218 avant Jésus-Christ, au début de la Deuxième Guerre punique déclenchée par Rome, Hannibal, à la tête de l'armée carthaginoise, décide d'envahir l'Italie en traversant les Alpes. Comme nous l'avons tous appris à l'école, il utilisera des éléphants pour son périple. Durant cette traversée, il perdra près de la moitié de ces guerriers (18 000 sur 38 000, 2000 chevaux et plusieurs éléphants). La légende dit qu'il voulait prouver à ses soldats que le passage dans la neige était sûr, et il enfonça sa canne dans le manteau neigeux, ce qui eut pour conséquence le déclenchement d'une avalanche dévastatrice pour ses troupes.

CHAPITRE 2 : RAPPROCHEMENT

Alpes – Col de la Traversette, 17 août 2016 10 h 15

Georges éprouve les mêmes sensations de bonheur, de sérénité, dans le voyage de retour, vers le présent, il est captivé par la lumière, les couleurs… mais, l'arrivée est tout aussi brutale, il se retrouve à genou sur le sol.

    – Ouah ! ça secoue !

Il aide Mélanie à se relever, surexcité par ce qu'il vient de se produire.

    – Merci, Georges, ça va aller.

    – C'est incroyable, magique… je n'y crois pas, je viens de voyager dans le passé !

    – Calmez-vous ! Vous allez attirer l'attention…

    – … mais, Mélanie, nous avons vu Hannibal ! C'est fantastique ! Nous sommes devenus l'égal de Dieu !

Soudain, il s'aperçoit qu'une larme coule sur la joue de sa coéquipière. Il se calme et lui pose la main sur l'épaule.

– Que vous arrive-t-il ?

– Vous avez exactement la même réaction que Gérald, lors de notre premier essai… les hommes ne sont vraiment pas prêts pour une telle aventure technologique…

– … oh, oh, Mélanie ! Je plaisantais. Je suis forcément très heureux et fier d'être un des rares humains, qui ai pu vivre cette expérience, mais je ne souhaiterais pour rien au monde que des personnes malintentionnées s'emparent de cette machine.

– Êtes-vous réellement sincères ?

– J'ai eu l'occasion dans mon métier, de voir ce que certains progrès en matière d'armement ont pu provoquer ; des morts, des mutilations, des dégâts collatéraux. Je mesure ce que ce petit module pourrait susciter comme intérêt à des nations totalitaires.

– Vous comprenez maintenant l'importance capitale de notre mission.

– Je vous garantis que oui, Mélanie. Pour vous en convaincre, je peux vous assurer que je ferais tout pour que cette machine soit détruite, une fois que nous aurons mis la main sur l'uchroniste.

– Ce n'est pas la mission qui nous a été confiée.

– En même temps, il ne nous a jamais été demandé de restaurer le module en état…

Mélanie finit par esquisser un petit sourire qui ravit Georges.

– Dites-m'en un peu plus sur votre minuscule boîte, il doit y avoir une énergie importante à l'intérieur, et puis elle est facile à subtiliser.

– Elle possède une pile nucléaire.

– Vous plaisantez !

– Non, et je vous déconseille d'essayer de me la voler, elle deviendrait automatiquement inactive et une balise de géolocalisation se déclencherait… ah, et j'oubliais, vous recevriez une sacrée décharge électrique.

— Quand même. Ça ne rigole pas…

La conversation est interrompue par la sonnerie du téléphone portable de Mélanie.

— Oui, colonel.

— …

— Les événements n'ont pas été modifiés par Gérald.

— …

— Je vous envoie les détails dans mon rapport.

— …

— Déjà !

— …

— Bien, colonel.

— …

— Pour le moment, oui, colonel.

— …

— Très bien, nous partons de suite. Au revoir.

— C'était Herbert ?

— Prenez le volant, nous allons à Constantinople.

— Vous voulez dire Istanbul ?

— Je vous en prie Georges, vous m'avez compris.

— Ne vous fâchez pas. C'est Herbert qui vous met dans cet état ?

— De quoi parlez-vous ?

— Je ne sais pas, mais il me semblait que vous étiez plus calme avant son appel.

— Pas du tout.

— Je vais vous dire, je ne fais pas confiance à ce type…

— … Montez, nous sommes pressés.

Le début de trajet se fera en silence, Mélanie paraissant préoccupée par la dernière déclaration de Georges.

— Tu n'es pas de mon avis sur Herbert, visiblement.

— Tiens, on se tutoie maintenant ?

– Ça ne répond pas à ma question, Mélanie.

– Arrêtons-nous ici.

– Pourquoi ?

– Je ne sais pas, toi, mais personnellement, je meurs de faim.

Elle stoppe la voiture, puis descend, laissant Georges à l'intérieur du véhicule, surpris par sa réaction.

– Tu n'as pas envie de déjeuner ?

– Si, bien sûr. J'arrive.

Ils regagnent un petit restaurant de Gènes, typique de la côte méditerranéenne de l'Italie. Un jeune serveur ligurien les installe à une table qui donne sur la mer.

– Accomodatevi al nostro tavolo riservato agli innamorati.[8]

– Non siamo sposati.[9]

– Scusate. Ecco il menù.[10]

– Grazie.

Le garçon retourne vers les cuisines.

– Qu'est-ce qu'il a dit ?

– Il pensait que nous étions ensemble… enfin, tu vois ce que je veux dire.

– Ah, d'accord. Mais pourquoi rougis-tu ? Je suis aussi peu crédible que cela comme fiancé ?

– Ce n'est pas ce que j'ai voulu dire.

– Je plaisante, Mélanie. Détends-toi. Explique-moi plutôt comment tu es devenue une scientifique pour l'armée.

– Un grand-père, général ; un père, prof de mathématiques ; une mère, pharmacienne ; une fille unique sous la surveillance permanente de ses parents ; tu mélanges tout ça, et me voici.

– Ça devait filer droit à la maison.

---

[8] « Prenez place à notre table réservée aux amoureux. »

[9] « Nous ne sommes pas mariés. »

[10] « Désolé. Voici le menu. »

–   Je n'ai pas à me plaindre, j'ai eu une enfance magnifique.

–   Et l'adulte ? A-t-elle un homme dans sa vie ?

–   Je ne préfère pas en parler, lui répond-elle avec un léger sourire.

–   Je me tais. Mais je suis certain que tu en as fait craquer plus d'un avec ces petites fossettes sur tes joues lorsque tu souris.

–   J'en doute, mais explique moi plutôt comment un homme avec un dossier militaire aussi controversé peut posséder un appartement aussi bien rangé, ne pas boire d'alcool et aimer les livres ?

–   Un père, colonel ; une mère, professeur de français ; tu mélanges cela avec le décès d'un père rongé par son alcoolisme et me voici.

–   Je suis désolée, Georges, je ne savais pas pour ton père…

–   … Je t'en prie, tout ceci est du passé. Et avant que tu ne poses la question pour mon prénom de vieux, c'était celui de mon grand-père.

Le repas se poursuit dans une ambiance chaleureuse, de petits rires se mêlant à quelques regards complices.

–   Que t'a dit exactement Herbert au téléphone, ce matin ?

–   Herbert… oh, oui, tu as raison… Nous devons y aller. Donne-moi les clefs de la voiture, je vais conduire.

–   Où allons-nous ?

–   Le colonel nous a réservé un hôtel dans le centre de Rome. Demain matin, nous avons un vol vers Istanbul.

Rome, 17 août 2016 19 h 35

Georges aura profité du trajet vers la capitale italienne pour s'assoupir un peu, au plus grand bonheur de Mélanie, soulagée de ne pas avoir à trop lui en révéler sur sa vie amoureuse.

Après quelques heures, la voiture s'arrête devant un hôtel miteux, la peinture des volets a pratiquement disparu, les rideaux ont jauni.

– Tu es certaine qu'il s'agit du bon endroit ?

– Je crains que oui.

– Je vais finir par croire qu'Herbert se fout de nous. Je n'ose pas imaginer ce qu'ils vont nous servir à dîner dans cette gargote.

– Personnellement, je n'ai pas faim, je vais aller me coucher.

– Tu me laisses tomber ?

– Non, la route m'a pas mal fatiguée.

– Je suis désolé de t'avoir froissé, aujourd'hui, Mélanie.

Elle s'approche, lui pose une main sur l'épaule, afin de le tranquilliser.

– Ne t'inquiète pas. Notre mission est particulière stressante, et j'ai parfois tendance à me fermer sur moi-même. Et je vais te rassurer sur un point, je ne t'en veux pas de désirer détruire le module une fois notre devoir accompli.

– Et pour le reste ?

Elle fait mine de partir, puis se retourne en lui souriant.

– Je te préciserais tous les détails de notre prochain voyage temporel, demain matin.

– Ok, je vais marcher un peu et trouver un endroit pour manger un bout.

Georges déambule dans les petites rues de Gènes, vers le centre-ville. Il remonte la via Cipro, puis la via Rivale et se retrouve sur la via Paolo Antonini. Face à lui, l'église Sainte Zita ; la patronne des domestiques. C'est un petit édifice dont la pierre blanche brille avec les derniers rayons du soleil. Alors qu'il admire le paysage, son ventre émet quelques bruits incongrus… il faut que je trouve un truc à manger, se dit-il. Il poursuit sa visite, à la recherche d'un restaurant où d'une épicerie. En arrivant sur la place Paoli Da Novi, il s'arrête dans une boutique encore ouverte, la Casa del Parmigiano, y commande un sandwich, une boisson et un fruit, puis part s'asseoir sur l'un des bancs présents au milieu de la place.

Il se remémore ce qu'il a vécu dans cette journée extraordinaire, les lumières, les couleurs, Hannibal, les éléphants… Mélanie et ses petites fossettes… Il a beau se concentrer sur les événements du jour, aussi incroyables puissent-ils être, c'est le visage de sa coéquipière qui lui revient à l'esprit. Que t'arrive-t-il, mon vieux ? Tu ne serais pas en train de… non, pas toi.

Après une lutte interne, il reprend ses esprits, car au-delà de l'invraisemblance de ce voyage temporel, l'attitude d'Herbert est assez étrange, il n'a eu aucun contact avec lui, depuis leur premier rendez-vous. Il ne m'a pas tout dit, et malheureusement, je crois que Mélanie non plus, pense-t-il. Que me cache-t-elle ? Je me fais peut-être des idées après tout… Il poursuit son questionnement interne, et finit par revenir à l'hôtel… miteux. Sa balade nocturne aura eu le mérite de le fatiguer suffisamment pour s'endormir comme une masse, malgré la folle journée qu'il vient de vivre.

La nuit aura été profitable à chacun d'entre eux. Ils se retrouvent, en pleine forme, au petit matin, pour déguster un petit déjeuner bien mérité.

— Bonjour, Mélanie. Bien dormi ?

— Oui, je suis même surprise d'y être parvenue, vu la vétusté des murs de cet hôtel. Tu te rends compte que je pouvais entendre mon voisin de chambre chanter sous sa douche.

— Comment as-tu trouvé mon timbre de voix ?

— Non ? Ce n'était…

— … je plaisante, Mélanie. Je l'ai entendu aussi.

— Ah, d'accord, tu attaques dès le réveil.

— Je sais, je suis un vrai gamin.

Elle rit en secouant la tête.

– Je préfère te voir comme cela, Mélanie. Souriante, détendue.

– Tu as raison, mais nous devons tout de même reprendre notre sérieux, nous sommes attendus à Constantinople en 1453.

– Pourquoi cette année-là ?

– C'est ce que des collègues essaient d'identifier. Nous n'avons les informations qu'au moment où Gérald déclenche son module.

– Qui sont ces collègues ?

– Nous les appelons les experts, je te les présenterais plus tard, mais sans eux nous ne pouvons pas progresser.

– Comment savent-ils déterminer le lieu ?

– Dès que le module est mis en marche, il émet une géolocalisation. Une fois la date choisie, elle est transmise au centre du SVT. Ne reste plus qu'aux collègues de trouver la raison pour laquelle, Gérald s'est transporté sur place.

– Le petit détail à modifier.

– Exactement.

– Pourquoi ne retournons-nous pas dans le passé, le jour où il a volé le module ?

– Souviens-toi que les deux modules sont synchronisés. Il y a un maître et un esclave, et seul le maître a l'option du choix de la date. Le module, dit esclave, ne peut que le suivre.

– Ce qui veut dire que s'il avait fait un bond en 1453 avant que nous ne retournions dans le présent, nous nous serions retrouvés dans les alpes au XVe siècle ?

– Non, c'est impossible, les deux modules doivent être dans le présent pour pouvoir reprendre un voyage dans le passé.

– Eh bien, la prochaine fois restons dans le passé. Ils pourront le cueillir plus facilement, puisqu'il ne pourra par repartir…

– … je t'arrête tout de suite, Georges. Même si nous restions dix ans dans le passé, notre retour dans le présent se fera toujours au même moment.

– Tu ne m'aides pas, là. Je cherche une solution.

    – C'est très louable de ta part, mais tu te doutes bien que le SVT a déjà analysé toutes ses solutions.

    – Mais, il prend un énorme risque en voyageant dans le passé.

    – Pourquoi ?

    – Si nous ne le rejoignons pas, il ne pourra jamais repartir.

    – C'est une bonne remarque, mais souviens-toi que notre module est celui de secours. En cas de défaillance sur le premier, il devient automatiquement le maître. Il était prévu que nous partions en même temps avec les deux modules, et comme le professeur Wells est très à cheval sur la sécurité, il a fait en sorte que si pour une raison quelconque nous n'avions pas pu emporter le module de secours, il se déclencherait seul au bout de cinq jours pour rejoindre le module principal dans le passé.

    – C'est clair. Nous n'avons donc que cinq jours pour réagir à chaque mission.

    – Exactement.

    – Il y a une dernière question que je me pose, pourquoi s'embête-t-il à chercher un autre détail de l'histoire à changer, alors qu'il lui suffirait de retourner voir Hannibal et de s'y prendre différemment pour éviter l'avalanche ?

    – Les déplacements dans le temps ne peuvent être que chronologiques, il est impossible de revenir en arrière.

Georges écoute attentivement toutes les explications de sa coéquipière, afin de trouver la meilleure stratégie à adopter pour capturer l'uchroniste. Malheureusement, toutes les pistes se ferment une à une.

Quelques heures plus tard, ils se retrouvent à bord de l'Airbus A320, qui les emmène de l'aéroport de Rome jusqu'à Istanbul. Georges s'est assoupi, Mélanie l'observe, elle se pose des questions sur la confiance qu'elle peut lui accorder, se demande s'il est vraiment l'homme de la situation… il est quand même drôle, se dit-elle… oui, mais il faut être sérieux, la mission est des plus importantes, nous avons l'avenir du monde entre les mains… il est quand même bel homme… Mélanie, ma fille, reprend toi, la gente masculine t'a déjà assez fait souffrir comme cela.

Istanbul, 18 août 2016 11 h 50

Arrivés sur place, un chauffeur turc les attend à la descente de l'avion. Son œil rieur et sa bonne humeur naturel ravissent Mélanie.

– Madame Saintonge, monsieur Magellan ?

– Oui, vous devez être Mehmet ?

– J'ai l'ordre de vous conduire où vous le souhaitez. Suivez-moi, ma voiture est dehors.

Georges se penche vers Mélanie, pour lui parler discrètement.

– Tu peux m'expliquer ?

– J'ai reçu un message d'Herbert, me prévenant que nous serions accueillis à notre arrivée.

– Pourquoi, il ne me dit rien à moi ?

– Je ne sais pas, tu n'auras qu'à lui poser la question.

Ils arrivent près d'une vieille Peugeot blanche, Mehmet ouvre le coffre pour qu'ils y déposent leurs bagages.

– On m'a confié cette valise pour vous, précise le chauffeur turc en montrant l'intérieur du coffre.

– Ça aussi tu étais au courant ?

– Georges, ce sont nos vêtements pour notre voyage… enfin, tu vois ce que je veux dire.

– Vous êtes en voyage de noces, demande Mehmet d'un air malicieux.

– Pas tout à fait, lui répond Georges.

– Où souhaitez-vous que je vous conduise ?

– À la mosquée Sancaktar Hayrettin.

– Très bien, c'est parti.

Pendant le trajet, Georges ne dira pas un mot, légèrement agacé de n'être tenu au courant de la mission qu'au compte-gouttes.

– Nous voici arrivés. La mosquée Sancaktar Hayrettin.

– Merci, Mehmet. Nous voulons laissons déposer nos bagages à l'hôtel qui nous a été réservé.

Georges sort la valise avec les vêtements pour le passé, et rejoint Mélanie près du monument.

– Allons-y, se doit être par là.

– Ai-je le droit à quelques explications complémentaires ?

– Je t'en prie, Georges. Je vois bien que l'indifférence du colonel Herbert à ton égard, t'énerve. Mais je n'y suis pour rien, nous sommes dans le même bateau, nous sommes une équipe.

– Avoue que c'est troublant.

– Peut-être, mais pour le moment, nous avons le monde à sauver.

– C'est vrai que vu comme ça…

– Suis-moi.

– Je ne vois pas trop ce que nous cherchons, il y a surtout des ruines ici.

– Oui, mais en 1453, il existait une immense enceinte qui protégeait la ville de Constantinople des invasions.

– Tu marques un point.

– J'espère qu'ils ne se sont pas trompés de porte.

– Quelle porte ?

– Celle-ci, enfin ce qu'il en reste. Fais comme moi, bois et change-toi, nous allons partir.

– Qu'allons-nous empêcher ?

– Plutôt laisser faire, je t'expliquerai sur place.

Elle lui pose une main sur l'épaule, puis déclenche le module. Georges est de nouveau ébloui par les sensations fournies par le voyage temporel à travers ces tunnels de lumières.

CHAPITRE 3 : LA PORTE

Constantinople, 29 mai 1453 11 h 15

L'atterrissage, ou plus justement le « chronossage », se fait plus en douceur, l'anticipation probablement. La nausée, quant à elle, n'a pas disparu.

Face à eux, les ruines ont laissé place à une magnifique muraille de plus de dix mètres de haut. Deux immenses tours de pierre entourent la porte d'entrée.

– Nous voici arrivés à Constantinople, le 29 mai 1453.

– Je vois une belle grande porte, mais que faisons-nous, ici ?

– Je ne comprends vraiment pas pourquoi tu as été recruté ; l'histoire n'est pas ton fort.

Au même moment, un homme surgit de nulle part, leur fonce dessus une lance à la main. Dans un réflexe, Georges écarte Mélanie, puis de l'autre main se saisie de l'arme. Surpris l'assaillant manque de trébucher. Georges en profite pour lui asséner un coup au visage, qui le met KO.

– Voilà probablement pourquoi j'ai été recruté.

– Merci… Promis, je ne remettrais plus jamais en cause tes compétences.

– Ne me remercie pas, aide-moi plutôt à le ligoter.

Ils lui ôtent sa ceinture, et lui attachent les pieds, puis ils font un lien avec les lanières de son sac, autour de ses bras.

– Je peux en savoir un peu plus, maintenant ?

– Allons nous mettre à l'abri, il doit y avoir plusieurs dizaines de milliers de soldats dans le coin.

– Comment ?

– Chut…

Ils se dirigent vers un bosquet, espérant que ce camouflage improvisé fonctionne.

– Je t'écoute, Mélanie, demande-t-il en chuchotant.

– Comme je te le disais, nous sommes le 29 mai 1453, le jour où Constantinople sera assiégée.

– Je me souviens, maintenant, de mes vieux cours d'histoire ; la ville était restée inviolée pendant des centaines d'années.

– Exactement, et ce jour signe la fin de la cité.

– Que va chercher à faire l'uchroniste ?

– Voyons, Georges, empêcher l'invasion de la cité…

– … et tu crois vraiment qu'il va y arriver, tout seul, avec ses petits bras ?

– Sois sérieux, pour une fois. Il va modifier le détail qui a provoqué la prise de Constantinople.

– Oui, et comme nous craignons que sa théorie soit juste, nous ne pouvons le laisser faire. Mais quel détail souhaite-t-il modifier ?

– La légende raconte qu'un garde avait mal fermé cette porte, et que les Ottomans en ont profité pour envahir la cité.

– Oui, sauf que cette porte m'a bien l'air close et des soldats sont tout proche pour la surveiller.

Mélanie prend les jumelles et observe de plus près la muraille… soudain, elle fait un geste d'agacement en tapant sur le sol.

– Qui a-t-il ?

–   Ce n'est pas la bonne porte.

–   Je m'en serais douté, elle est fermée.

–   Très drôle.

–   Mais, sans rire, qu'est-ce qui te permet d'en être certaine ?

–   Le nom écrit en latin n'est pas le bon.

–   Tu sais également lire le latin ?

–   Oui, entre autres talents, c'est pour cela que j'ai été recrutée.

–   Italien, latin, quoi d'autre ?

–   Grec, un peu d'arabe et d'hébreu, anglais, j'ai des notions de russe…

–   … c'est bon, c'est bon. J'ai compris, tu es la tête, je suis les jambes.

–   Justement, faisons-les marcher, et allons vers la porte plus au nord, avant qu'il ne soit trop tard.

–   Dans ce cas, ne perdons pas de temps. Go !

–   Et lui ? Demande Mélanie en désignant le soldat maîtrisé par Georges.

–   Avec son bâillon et ses liens, il ne risque ni de bouger ni d'avertir qui que ce soit.

Ils se dirigent vers la gauche, en silence et discrètement. Ils se trouvent au milieu d'un conflit sur le point de commencer, les ottomans d'un côté et les Byzantins de l'autre. Il leur faudra prêt de trente minutes pour apercevoir la grande porte. La confusion historique leur saute aux yeux, elle est pratiquement identique à la précédente.

–   C'est lui !

Un soldat vient de sortir de la cité par l'entrée incriminée.

–   L'uchroniste ?

–   Non, l'étourdi qui a oublié de fermer derrière lui.

Un jeune soldat vient de sortir, en laissant entrouvert cet accès à la cité.

–   Tu as raison, mais que fait-il ?

Au même moment, une jeune femme fait son apparition et se dirige vers l'individu.

–   Je n'y crois pas. C'est un amoureux qui rejoint sa dulcinée.

– Tu en train de me dire que Constantinople va tomber à cause de l'amour ?

– Je le crains, ma douce Mélanie. Comme quoi, ce sentiment peut être dévastateur.

– Ce n'est pas le moment de plaisanter, lui dit-elle, en lui tapant sur l'épaule. Regarde plutôt par là.

– L'uchroniste ?

– Oui, c'est bien Gérald.

– Donne-moi les jumelles.

Georges observe la scène avec attention. Gérald approche du soldat pour lui parler, mais pour le moment il paraît plus occupé par sa fiancée. Il n'a pas vu l'uchroniste qui arrivait.

– Approchons-nous, je voudrais entendre ce qu'il va lui dire.

– Tu parles latin ?

– Moi, non, mais toi, oui. Allons-y.

Alors qu'il se lève pour partir, Mélanie le retient fortement par le bras.

– Ne bouge pas, regarde.

Une armée complète amorce une approche vers la porte, ils ont probablement observé depuis plusieurs jours les allées et venues du joli cœur. Ils sont sur le point d'intervenir.

– Ton Gérald parle latin ?

– Oui.

– Nous devons l'arrêter coûte que coûte, il est probablement sur le point de lui faire comprendre que ce n'est pas une bonne idée de laisser la cité accessible.

L'uchroniste s'approche, mais le soldat ne l'a pas encore vu et contre toute attente, il retourne vers la porte, il a du se rendre compte qu'elle était restée ouverte.

– Non, il revient sur ses pas… mais s'il ferme… c'est une catastrophe.

Voyant la scène, Gérald comprend qu'il n'a plus rien à faire, et retourne vers le nord.

– Nous devons intervenir, Mélanie… mais, non… je n'y crois pas…

– … que se passe-t-il ?

– Regarde.

Contre toute attente, le soldat byzantin s'aperçoit de la présence de Gérald et lui fonce dessus, oubliant la porte.

– Il a dû le prendre pour un espion.

Une bagarre s'enclenche entre les deux hommes. Mélanie court vers eux, Georges a tout juste le temps de la retenir, et de la faire chuter face contre terre… une lance vient de passer au-dessus de sa tête. L'assaut des Ottomans a commencé, ils se retrouvent tous les deux au beau milieu de la bataille.

– Tu es folle ? Tu veux te faire tuer ?

– C'est l'occasion de récupérer le module !

– Baisse la tête !

Une salve de flèches passe au-dessus d'eux et franchit la grande muraille de la cité.

– Nous devons partir, Mélanie. Appuie sur la machine !

– Impossible, tant que Gérald est dans le passé.

– Putain, ce n'est pas vrai !

L'uchroniste a toujours maille à partir avec le jeune soldat. Au bout de quelques secondes, une flèche vient se planter tout près des deux hommes, le garde se rend compte qu'ils sont attaqués, il lâche Gérald, et tente de se réfugier à l'intérieur. C'est le moment que choisit l'uchroniste pour repartir vers le présent. Il appuie sur le module, puis disparaît dans un bruit de détonation.

– Finalement, il n'a pas l'air si malin que cela, ton ex-coéquipier. C'est lui qui a provoqué l'invasion.

– Peut-être que la causalité n'est pas une simple théorie.

– Si ça ne t'embête pas, nous en discuterons en 2016.

– Impossible…

– … Comment cela impossible ? Il est parti ton Gérald !

–   Oui, mais nous nous trouvons à l'emplacement exact d'une route très fréquentée en 2016. Il faut que nous nous déplacions…

–   … tu plaisantes, ils vont nous tuer si nous bougeons. Appuie !

Histoire

Le 24 mai 1453, Mehmed II[11] conduit les troupes ottomanes vers la ville de Constantinople. Il établira un siège dès le début du mois d'avril, profitant de la situation considérablement dégradée de la cité, durant les siècles précédents. L'Empire romain d'Orient, aussi appelé empire byzantin s'est copieusement amoindri aux alentours de Constantinople et au Péloponnèse, il n'a plus la grandeur historique pour résister à la puissance montante qu'est l'Empire ottoman. Malgré de nombreuses demandes d'aide des Romains en direction de l'Occident, seulement deux à trois mille soldats italiens viendront épauler les cinq mille combattants conduits par l'empereur Constantin XI. Face aux 80 000 soldats ottomans et une flotte de plus de cent navires, la résistance aurait pour autant encore pu durer de longs mois, si d'après ce que dit la légende, un garde n'avait oublié de fermer l'une des portes de la muraille, facilitant les assauts ennemis. Constantinople fut pillée avant l'entrée triomphante de Mehmed II qui reçut alors le titre de Fatih (le Conquérant) puis instaura Constantinople, nouvelle capitale de l'Empire Ottoman.

---

[11] Septième sultan de l'Empire ottoman. Il était le quatrième fils de Mourad II. Il serait né le 30 mars 1432 à Edirne de Huma Hatun.

C'est la prise de Constantinople en 1453 qui lui valut son surnom de « Fatih » (Conquérant), en outre il s'était proclamé lui-même « Kayser-i Rum », littéralement « le César des Romains ».

CHAPITRE 4 : IDYLLE

Istanbul, 18 août 2016 12 h 20

Mélanie et Georges se retrouvent, un genou à terre, au milieu de la route… de grands coups de klaxon retentissent… un camion leur fonce dessus.

— Georges !

Il attrape sa coéquipière par la taille, et se jette sur le bas-côté. Le roulé-boulé les entraîne dans un fossé. La chute ne fut pas très dangereuse, mais l'arrivée plutôt embarrassante. Georges est sur le dos et Mélanie sur lui, leurs visages se font face. Un grand trouble les empare ; ils ne bougent plus, ne sachant quoi faire. Leurs lèvres se rapprochent doucement…

— Herşey yolunda ?[12]

Le chauffeur du camion, un Turc ventripotent, s'est arrêté un peu plus loin, pour leur venir en aide.

— Herşey yolunda, Teşekkürler[13], lui répond Mélanie.

---

[12] « Tout va bien ? »

[13] « Merci »

Il leur donne un coup de main pour sortir du fossé, et leur propose de les conduire en ville. Le chauffeur a été tellement perturbé par l'accident, qu'il n'a même pas prêté attention aux vêtements portés par ses victimes.

Ils ne diront pas un seul mot durant le trajet vers leur hôtel. Ils n'osent croiser leurs regards, probablement pour éviter de parler de ce baiser raté. Après une demi-heure de route, ils arrivent à destination, au moment de franchir la porte, Mélanie reçoit un appel d'Herbert, elle décroche en prenant soin de mettre le haut-parleur afin que Georges puisse entendre la conversation.

- Colonel, la mission s'est bien terminée, l'histoire n'a pas été modifiée.
- J'attends votre rapport pour ce soir.
- Bien sûr.
- Mehmet va venir vous chercher pour vous conduire à l'aéroport.
- Déjà ? Et pour quelle destination ?
- Nous avons cessé de recevoir les informations du module, nous savons que l'uchroniste se dirigeait vers la Grèce. Votre vol décolle dans moins de deux heures.
- Nous récupérons nos bagages et nous partons.
- Comment cela se passe-t-il avec le commandant Magellan ?
- Bien colonel, très bien.
- À la bonne heure.
- Au revoir, colonel…
- …

Herbert a raccroché rapidement, sans saluer Mélanie. Georges lui fait un sourire de gratitude pour lui avoir permis d'écouter la discussion. Mehmet arrive en trombe.

- Allons-y, nous n'avons pas beaucoup de temps !
- Et nos bagages ?
- Euh… disons que j'avais oublié de les déposer, ils sont toujours dans mon coffre.

Ils ont tout juste eu le temps d'attraper le vol de 14 h 45 vers Athènes. Après s'être changé rapidement dans la voiture, le trajet d'une heure et demie se fera en silence, Mélanie écrivant son rapport et Georges lisant le dernier roman de Guillaume Musso[14], <u>La fille de Brooklyn</u>, il commence à trouver des similitudes entre son binôme et l'héroïne, Anna.

À peine le pied posé sur le tarmac, ils empruntent un taxi qui les amène directement à leur hôtel. La circulation est dense, le chauffeur est passablement énervé. Les bruits de klaxonne et les insultes en grec fusent dans l'immense embouteillage qui vient de se former. Georges et Mélanie se jettent des regards interloqués par la situation.

    – Tu ne veux pas appuyer sur le module ?

Il réussit à lui arracher un sourire, ce qui l'apaisera durant les trois heures nécessaires pour atteindre leur destination. Une fois sortie du véhicule, Mélanie récupère son bagage, elle paraît lasse.

    – Je vais te laisser de nouveau seul ce soir, Georges. Je suis épuisée, je monte me coucher.

    – Mélanie…

    – … Oui ?

    – Non, rien… passe une bonne nuit.

    – Bonne nuit, Georges.

Athènes, 19 août 2016 7 h 45

Mélanie descend rapidement les escaliers de l'hôtel, et se dirige vers la salle à manger. Elle est joyeuse et bien reposée. Georges l'attend, assis à une table pour deux personnes, elle l'aperçoit, il lui sourit.

    – Bien dormi ?

    – Comme un bébé. Je vois que toi aussi. Tu me sembles d'humeur guillerette, ce matin.

    – Qu'est-ce qui te fait dire cela ?

---

[14] Guillaume Musso, né le 6 juin 1974 à Antibes, est un romancier français.

– Tes petites fossettes te trahissent.

– … vil flatteur.

– Eh, nous en sommes en 2016, inutile de parler comme au siècle dernier.

– Tu aurais préféré : mauvais dragueur ?

La conversation continuera sur le même ton agréable, Georges en profite pour en apprendre un peu plus sur le SVT et l'individu qu'ils poursuivent.

– Comment se fait-il que l'uchroniste en sache autant sur ces petits détails de l'histoire ?

– Gérald est un grand archéologue et historien, c'est pour cette raison qu'il a été recruté, et aussi le fait qu'il soit militaire.

– J'ai l'impression que vous étiez plus proches que tu veux bien me le dire.

– Pourquoi dis-tu cela ?

– Tu l'appelles toujours par son prénom.

– Oui… enfin, nous étions collègues…

– … Mélanie.

– Tu as raison, nous avons eu une relation passagère, mais cela n'a duré que quelques semaines. Crois-moi, j'ai vite compris que tout ne tournait pas rond dans sa tête.

– Inutile de te justifier, je préfère quand les choses sont claires.

– J'avais peur que tu imagines que…

– … je viens de te dire de ne pas te justifier. Explique-moi plutôt, pourquoi personne n'est jamais là pour le cueillir à son retour dans le présent ?

– Herbert m'a précisé qu'il a étudié les deux premiers voyages pour préparer une tactique.

– Qu'ont-ils découvert ?

– Qu'il revenait en même temps que nous dans le présent, mais qu'il avait prévu, chaque fois, un plan pour assurer ses arrières.

– Pourquoi ne mettent-ils pas en place une souricière autour du lieu de retour ? Le SVT doit avoir les moyens d'élaborer ce genre de mission.

– D'après ce que j'ai compris, le temps est toujours un peu court pour le faire.

– Nous y arrivons bien, il suffirait qu'ils nous attendent…

– … Georges, tu oublies une chose importante.

– Laquelle ?

– Gérald… l'uchroniste n'a qu'à appuyer sur le module et il disparaît en un clin d'œil.

– Vu comme ça…

– Faisons confiance au colonel, ils doivent probablement étudier la meilleure stratégie.

– Je suis désolé, Mélanie, mais je doute énormément en la sincérité d'Herbert.

Au même instant, elle reçoit un SMS qu'elle lit immédiatement.

– Quand on parle du loup.

– Herbert ?

– Oui. Ils n'ont pas de nouvelles de Gérald. Il nous demande de patienter sur Athènes.

– Magnifique !

– Si nous en profitions pour nous détendre un peu dans cette ville antique.

– Pourquoi pas ? J'ai eu l'occasion de beaucoup voyager pour mon métier, mais c'est la première fois que je mets les pieds ici.

– Écoute, je connais bien Athènes. Si tu le veux, je peux te servir de guide.

– Voici une excellente idée. Allons-y !

À peine deux heures plus tard, un taxi les dépose côté ouest du mont.

– Savais-tu qu'Acropole est le nom de cette colline, son nom signifie *ville haute* ?

– D'après le petit chemin escarpé que je vois là, ils auraient pu préciser : difficile d'accès.

– C'est effectivement le seul moyen praticable pour monter au sommet.

– Ne perdons pas de temps, alors.

Mélanie sort son chemisier de son jean, défait les derniers boutons, puis fait un petit nœud avec les extrémités, laissant apparaître son nombril. Georges lui sourit, puis ils entament l'ascension sous une chaleur intense, la température avoisine les quarante degrés Celsius.

– Ça me rappelle mes sorties en montagne avec mon grand-père…

– … le fameux Georges. ?

– Oui, nous avions pris l'habitude de passer une semaine complète durant l'été à crapahuter les chemins rocailleux des Pyrénées. C'est là que j'ai appris à écouter la nature, à rester silencieux pour ne pas déranger la faune et nous permettre de mieux l'observer. J'avoue que j'ai retrouvé de mêmes sensations lorsque nous devions avancer camoufler lors de missions périlleuses.

– C'est ton grand-père qui t'a donné cette envie de devenir soldat ?

– Mon père m'y a poussé… mais, j'y suis allé à reculons. Je ne voulais pas que l'armée me détruise comme elle l'a fait pour lui… finalement, c'est papy Georges qui a fini par me convaincre. Après tout, il avait fait la Seconde Guerre mondiale, et il respirait la joie de vivre. Il m'a toujours expliqué que si l'on se battait pour une cause juste, nous vivons avec des souvenirs, sinon, nous mourrons avec des regrets.

– C'est une belle philosophie de vie.

– Et toi, Mélanie, raconte-moi ce qui t'a fait tant aimer les vieilles pierres.

– Indiana Jones…

– … non, le cliché… je n'y crois pas, ah, ah !

– Je sais, c'est ridicule, mais si tu savais le nombre de vocations qu'ont suscité les films d'Indiana Jones.

– Je n'en doute pas, dit-il le sourire toujours aux lèvres.

– Moque-toi ! Je suis certaine que Rambo t'a inspiré pour devenir soldat.

– Pas le moins du monde… je voulais être Robin des Bois.

– Et as-tu trouvé ta Marianne ?

– Malheureusement, non. Je crois que les femmes fuient les gars comme moi.

– Voilà, au moins un point que nous avons en commun.

Après quelques minutes de montée, ils arrivent à destination au pied des premières marches des célèbres ruines. De magnifiques colonnades leur font face.

– Voici les Propylées !

– Qui signifie ?

– À l'origine, cela désigne le vestibule situé devant l'entrée d'un sanctuaire ou d'un palais. Aujourd'hui, on l'emploie pour tout type d'entrée monumentale.

La visite se poursuit avec les ruines du Parthénon, l'Érechthéion et le temple d'Athéna Nikè.

– Connais-tu le mythe fondateur des lieux ?

– Non, mais quelque chose me dit que je vais bientôt le savoir.

– Je t'ennuie avec mes histoires, Georges ?

– Pas du tout, au contraire. Je me sens juste un peu idiot à tes côtés.

Elle lui attrape le bras en signe de tendresse, et elle poursuit son histoire tout en marchant vers les ruines du théâtre de Dionysos. Georges est surpris par ce geste, il n'ose pas réagir, et se laisse transporter par le cours d'histoire de la charmante Mélanie.

– Figure-toi que pendant le règne de Cécrops, Athéna et Poséidon se sont affrontés pour obtenir le contrôle d'Attique.

– Attique ?

– L'ancien nom de la péninsule dont fait partie Athènes… Donc les deux dieux s'affrontent, Poséidon d'un coup de trident fait jaillir une source d'eau salée ; Athéna offre un olivier. C'est finalement cette dernière qui l'emporta.

–   Un olivier pour un domaine, il n'était pas très bon en affaire ton Cécrops.

–   C'est pas faux… ah, ah !

De plaisanteries en plaisanteries, les deux coéquipiers auront passé une journée très agréable. Ils décidèrent de poursuivre ce moment, autour d'un dîner à leur hôtel. Au menu, spécialité grecque : Moussaka arrosée d'un vin rouge Náoussa.

À la fin du repas, Georges raccompagne Mélanie jusqu'à la porte de sa chambre, les regards sont plus complices que jamais, le souvenir de l'acte manqué de la veille semble avoir disparu ; elle lui prend tendrement la main ; leurs visages s'approchent lentement l'un de l'autre ; ils savaient tous les deux que cela devait arriver, ils ne peuvent plus, ils ne veulent plus reculer ; ils s'embrassent langoureusement, comme de jeunes adolescents qui attendaient ce moment depuis longtemps. Mélanie ouvre sa chambre, et invite Georges à entrer… à peine la porte fermée, ils se retrouvent enlacés sur le lit… les corps se mêlent, les vêtements disparaissent un à un, les caresses deviennent de plus en plus intenses. Ils terminent leur journée en apothéose, par une nuit d'amour torride…

Le week-end se prolongera sans un seul appel, Georges et Mélanie continueront leur périple amoureux dans la capitale hellène, à la rencontre des plus beaux fleurons de l'Antiquité ; le Stade panathénaïque[15], l'Odéon d'Hérode Atticus[16] ou le Temple de Zeus

---

[15] Stade antique d'Athènes, rénové pour les premiers Jeux olympiques de l'ère moderne, en 1896.

[16] Théâtre romain construit au pied de l'Acropole d'Athènes en 161, par Hérode Atticus, en mémoire de sa femme Régilla, morte en 160.

Olympien[17]. Georges se délecte des histoires et anecdotes que lui propose Mélanie à chacune des visites. À son tour, elle est séduite par son charme et son humour, par sa façon qu'il a d'aborder la vie avec insouciance.

Un appel du colonel Herbert vient stopper cet intermède amoureux. Ils en avaient presque oublié leur mission et les voyages temporels. Mélanie décroche et met le haut-parleur.

— Bonjour, Colonel.

— Oui, Bonjour Mélanie… nous avons reçu les informations du module de l'uchroniste, il se trouve en Espagne à Pampelune.

— À quelle période ?

— 1521.

— Les experts ont-ils découvert la raison de ce lieu et cette date ?

— Il s'agit probablement d'Ignace de Loyola[18]…

— … oui, bien sûr. Sa fameuse blessure.

— Effectivement, inutile donc que je vous en dise davantage.

— Ça ira, colonel.

— Très bien. Votre avion vous attend dans deux heures pour l'Espagne.

— Entendu, Colonel…

— …

Comme d'habitude, Herbert stoppe la conversation sans saluer ni Mélanie ni Georges.

— Je vais finir par croire qu'il a oublié ma présence.

— As-tu une idée pourquoi il t'ignore à ce point ?

— Je crois qu'il n'a pas digéré ma mutation dans le SVT.

— Ce n'est pas lui qui t'a recruté ?

---

[17] Ancien temple colossal au centre de la capitale grecque Athènes. Il était dédié à Zeus « olympien », un nom provenant de sa position de chef des dieux olympiens.
[18] Prêtre et théologien basque-espagnol, né en 1491 à Loyola et mort le 31 juillet 1556 à Rome. Il est l'un des fondateurs et le premier supérieur général de la Compagnie de Jésus.

– Si… enfin, pas directement… disons que c'est le ministre des armées qui lui a soufflé mon nom.

– Ah bah, tu m'étonnes qu'il l'ait en travers. C'est quoi tes relations avec le ministre ?

– Aucune, je ne l'ai jamais rencontré. Visiblement, c'est un tiers qui aurait poussé mon dossier auprès de son cabinet.

– Et tu ne sais pas qui est cet admirateur… ou admiratrice, tapi dans l'ombre des cabinets ministériels ?

– Je ressens comme une pointe de jalousie…

– … pas du tout, mais si je découvre que c'est une femme, je ne te garantis pas de garder mon calme.

– Aller, arrête de plaisanter, nous avons nos bagages à récupérer. Je m'occupe du taxi.

Quelques minutes plus tard, un chauffeur les attend, qui les conduit à vive allure vers l'aéroport, direction l'Espagne.

C H A P I T R E   5   :   J É S U I T E

22 août 2016 10 h 50

L'Airbus A310 survole la Méditerranée, Georges termine la lecture de <u>La fille de Brooklyn</u>, Mélanie s'est assoupie contre son épaule. Il sent qu'elle se réveille doucement, il referme délicatement son livre et lui sourit.

- Nous allons bientôt atterrir.
- J'ai dormi combien de temps ?
- Quarante minutes… mais, maintenant que tu es sortie du monde des songes, j'aimerais que tu m'expliques l'histoire de ce Loyola.
- Tu ne vois pas qui est Ignace de Loyola ?
- Si, c'est un prêtre jésuite, mais quel rapport avec Pampelune.
- Il est plus qu'un jésuite, il en est le fondateur à l'époque sous le nom de la compagnie de Jésus.
- Alors pourquoi Pampelune et en 15…
- 1521, le 20 mai pour être exacte. Eh bien, figure-toi que ce brave Ignace était soldat dans l'armée de Navarre, à cette date, et il participait au fameux siège de Pampelune.
- Fameux ?

- Oui, en 1512, les espagnoles ont conquis cette ville et neuf ans plus tard, un armée formée par des français, des béarnais et des navarrais a décidé de la reprendre.
- J'imagine que c'est maintenant que tu vas me parler du détail qui tue.
- Parfaitement, à cette bataille, il sera grièvement blessé à une jambe, et restera de longs mois en convalescence. Il profitera de ce repos forcé pour étudier des textes religieux, notamment deux célèbres ouvrages de l'époque : <u>La Grande vie du Christ</u>[19] et la <u>Légende dorée</u>[20].
- Et c'est comme cela qu'il a fondé les jésuites.
- Je vois que tu suis bien. Donc, s'il n'est pas blessé, pas de jésuites. Je te laisse imaginer si un mouvement religieux ne voyait pas le jour, les conséquences que cela aurait…
- … malheureusement, oui. Mais, rassure-moi, c'est bien l'uchroniste qui choisit sa destination ?
- Oui, sinon il ne tomberait pas sur ces dates précises.
- Et comment ça marche pour le choix de la date sur le module, il rentre la valeur sur un clavier ?
- Non, c'est un peu plus complexe que cela. Il entre un nombre de jours par rapport à la date de départ, et comme je te l'ai expliqué, il ne peut pas revenir à une date antérieure à celle déjà choisie.
- Pour faire simple, le nombre de jours qu'il saisit ne peut être que décroissant.
- C'est bien ça ! Tu m'épates !
- Je t'en prie, tu ne me trouves pas aussi stupide que cela, tout de même ?

---

[19] Ouvrage spirituel majeur de Ludolphe le Chartreux, dit de Saxe, écrit à la fin du Moyen Âge et imprimé à la fin du XVe siècle.

[20] Ouvrage rédigé en latin entre 1261 et 1266 par Jacques de Voragine, dominicain et archevêque de Gênes, qui raconte la vie d'environ 150 saints ou groupes de saints, saintes et martyrs chrétiens, et, suivant les dates de l'année liturgique, certains événements de la vie du Christ et de la Vierge Marie.

– Non, mon chéri. Mais je constate que mon contact te fait faire d'énorme progrès.

– Et je vois que le mien améliore ton humour.

– C'est pas faux.

– Revenons-en à l'uchroniste. J'imagine que son intérêt est toujours le même, démontrer que le temps peut être déréglé.

– Oui, et heureusement pour nous, pour le moment, il s'est trompé.

Après avoir fait escale durant deux heures à Madrid, ils prennent un vol interne en direction de Pampelune, à bord d'un petit avion de ligne. À peine débarqués, ils se dirigent vers la cité en taxi, puis déposent leurs bagages à l'hôtel Très Reyes, situé en plein cœur de la ville.

L'hôtel se trouve à 500 mètres de la plaza del castillo. Georges porte un sac à dos avec les quelques vêtements nécessaires pour la mission et deux bouteilles d'eau. Comme de simples touristes, ils déambulent dans les rues, main dans la main, admirant l'architecture locale. En arrivant sur la plaza San Nicolás, Mélanie s'arrête un instant devant l'église Saint-Nicolas.

– Regarde-moi cette merveille…

– … Oui, une vieille église.

– Georges, fais au moins semblant de t'intéresser.

– D'accord, je t'écoute. Qu'a-t 'elle de si particulier ?

– Tu ne remarques rien d'étrange pour un édifice religieux ?

Il observe attentivement, lève les yeux, puis fait une petite mou interrogative.

– C'est vrai qu'à y regarder de plus près, ça ressemble plus à des tours d'un château qu'à celles d'une église.

– Exactement ! Elle servait pour les offices religieux, mais également de bastion militaire et de refuge pour la population lors des conflits nombreux à cette époque.

– Et c'est ici que Loyola s'est blessé ?

– Non, c'est au château, allons-y.

– Pourquoi t'arrêter ici ?

– Pour l'architecture, tu n'aimes pas ?

– Très drôle.

Il leur faudra à peine cinq minutes pour atteindre la plaza del castillo.

– Il est où, ton château ?

– Il était là… il y a 500 ans…

– Mais, il n'y a même pas de ruine.

– Ils ont utilisé ses pierres pour bâtir une partie de ces bâtiments autour de nous.

– Il n'y a pas de petit profit…

– … que tu es bête ! Viens plutôt par là, nous allons dans la petite rue dans l'angle à l'ouest de la place. Il semblerait que l'accident ait eu lieu à cet endroit.

– J'aimerais que nous nous mettions d'accord sur le rôle de chacun, sur place.

– Qu'entends-tu par là ?

– Eh bien, comme tu es la seule à pouvoir utiliser le module, j'ai pensé à une stratégie.

Ils arrivent à leur point de départ, Mélanie prend le sac à dos et donne les vêtements à son coéquipier.

– Tiens, mets ça. Explique-moi ta stratégie.

– Dès qu'il se sent en danger, il repart dans le présent.

– Oui, et donc ?

– Si je suis assez proche de lui à ce moment-là, il suffirait que je l'attrape, ou que je lui saute dessus, et je repartirais avec lui dans le présent… Et tu n'auras plus qu'à nous rejoindre.

Il fixe Mélanie dans les yeux, et attend une réaction de sa part.

– J'ai dit une bêtise ? Tu vas m'annoncer qu'avec son module, on ne peut pas circuler à deux ?

– Non, non, ça se tient… tu as 99 % de chance d'échouer, mais ça se tient.

– D'accord, mais il n'y a pas de risque.

– Vu comme ça… mais, je ne vois pas comment tu vas pouvoir t'approcher aussi près de lui sans qu'il s'en rende compte.

– Rappelle-toi mes sorties avec papy Georges.

– D'accord, lui dit-elle en souriant. Mais, as-tu pensé que dès que je serais moi aussi revenue, il pourra redéclencher son module.

– J'ai pensé à cette éventualité. Tu oublies un petit détail… il faut qu'il ait bu avant de repartir… sinon, c'est la fin pour lui.

– J'avoue que tu marques un point. En attendant, bois ceci et nous partons pour le 20 mai 1521.

Pampelune, 20 mai 1521 15 h 50

D'où ils sont situés, ils parviennent à observer la bataille qui fait rage entre le royaume de France et la monarchie espagnole. Ils sont à l'extérieur du château médiéval, des salves de flèches alternent avec des jets de boulets de canon. Les murs de l'enceinte sont abîmés par les coups incessants de l'artillerie française.

– Je ne voyais pas cela, comme ça.

– Moi non plus. Comment allons-nous faire pour retrouver le jeune Loyola ?

– Ce n'est pas tellement lui notre cible, Mélanie… cherchons plutôt l'uchroniste.

– Tu as raison.

– Que t'ont dit les experts du SVT ?

– Pour être précis, celui avec qui je suis en contact, c'est Bellanger.

– Peu importe, Mélanie ! Que t'a-t-il dit ?

– Nous sommes du bon côté du château, il est certain que Loyola a été blessé près de la façade ouest.

– Je ne pense pas que l'uchroniste va chercher à empêcher le canon de tirer sur Loyola, trop de possibilités… du coup, nous allons devoir scruter chacune des ruelles près d'ici…

– … Tu te rends compte que nous devons tout faire pour que ce type soit blessé.

– Oui, et nous risquons de l'être aussi. C'est tout de même étrange qu'il ait choisi ce morceau de l'histoire pour son expérience… c'est bien trop dangereux…

– Allons-y Georges, ne perdons pas de temps.

Ils avancent lentement de ruelle en ruelle, le dos contre les murs afin de n'être pas trop visible. Les boulets fusent au-dessus de leur tête, les débris de pierre tombent tout près d'eux… Georges est de plus en plus inquiet… quelque chose ne tourne pas rond…

– Regarde ! là-bas ! C'est lui !

L'homme arbore une armure noire, malgré ses trente ans, il a une calvitie naissante, sa moustache et sa barbe légère lui font paraître dix années de plus.

– Tu en es certaine ?

– Oui, aucun doute, il est exactement comme sur les gravures que m'a envoyées Bellanger. Regarde, lui dit-elle en lui tendant son téléphone portable.

– D'accord, il lui ressemble beaucoup, mais ce qui m'inquiète, c'est que je ne vois pas l'uchroniste… ce serait trop dangereux, avec ces tirs de canon.

À cet instant, Mélanie reçoit un message sur le module temporel.

– Attends… euh… Non !

– Quoi ?

– Gérald est reparti dans le présent !

– Tu plaisantes ? Et comment le sais-tu ?

– J'ai une indication sur mon module si nous ne sommes plus dans le passé ensemble… mais, je ne comprends pas… et Loyola ?

– C'est pourtant clair, malheureusement.

– Que veux-tu dire ?

– En nous entraînant au beau milieu de la bataille, il nous a tendu un piège…

– … non… il n'a pas…

– Si, Mélanie… l'uchroniste a tenté de nous faire disparaître, et il aura réussi si nous ne partons pas de suite.

Une pluie de boulets s'abat en direction du château, les débris explosent de toutes parts. Georges pousse sa coéquipière contre un mur et fait rempart de son corps, au même moment le jeune Ignace de Loyola s'écroule à terre, il vient de recevoir un éclat de boulet dans la jambe, deux soldats le tirent par les bras pour le mettre à l'abri.

– Appuie, Mélanie !

Ils disparaissent juste, avant que le mur sur lequel ils se trouvaient ne s'écroule…

Histoire

Le 20 mai 1521, le siège de Pampelune, prélude de la sixième guerre d'Italie, voit l'armée franco-béarno-navarraise reprendre la ville, conquise par l'Espagne neuf ans plus tôt. C'est au cours de cette bataille que le jeune Ignace de Loyola, rentré dans l'armée du duc de Lara vice-roi de Navarre en 1517, sera blessé par un boulet allié (français). Durant sa convalescence, il lit de nombreux livres religieux. La légende raconte que dans un mélange de ferveur et d'anxiété, il voit en rêve, lui apparaître Notre-Dame avec le Saint Enfant Jésus, c'est à cet instant qu'il décide de rejeter sa vie passée et spécialement les choses de la chair. Après sa convalescence, en 1523, il réalise un pèlerinage en Terre sainte (Jérusalem), puis de retour en 1524, il consacrera onze années aux études (Grammaire, latin, philosophie, théologie), dans toute l'Europe. Ordonné prêtre le 24 juin 1537 à Venise, il créera quatre ans plus tard la Compagnie de Jésus.

CHAPITRE 6 : LOUIS XVI

Pampelune, 22 août 2016 15 h

À peine reprennent-ils leurs esprits, du retour du 16e siècle, que Mélanie peste de colère.

- Tu te rends compte qu'il a essayé de nous assassiner… c'est un minable… comment ai-je pu, un jour, tomber sous le charme de ce type…
- … calme-toi, Mélanie…
- … non, je ne me calme pas, ce type est une ordure… si je le croise, je… je…
- … Tu ne feras rien… ça, c'est mon boulot.

Sous l'excitation de la colère, elle ne s'est pas aperçue qu'elle était blessée à l'avant-bras.

- Regarde ton bras, Mélanie, tu saignes.
- Ah, oui… rien de grave.
- Ne bouge pas, reste assise ici, j'ai repéré une pharmacie à deux pas de là.

Alors que Georges est parti chercher de quoi la soigner, elle continue de pester intérieurement, la colère ne disparaissant pas.

Georges revient au bout de dix minutes, un petit sac à la main et le sourire aux lèvres.

– Qu'est-ce qui te fait rire ?

– La pharmacienne a pouffé en me voyant attifé de la sorte.

Mélanie comprend que la situation est ridicule et rit à son tour.

– Mais donne-moi ton bras.

Il désinfecte la plaie, lui colle cinq strips pour refermer l'entaille, puis lui met une bande autour de la blessure pour la protéger.

– Je te jure que si je le vois devant moi, il va passer un mauvais quart d'heure…

Avant même qu'elle ne termine sa phrase, Georges l'embrasse.

– C'est bon, tu es calmée ?

– Oui, excuse-moi… merci pour mon bras.

Le téléphone de Mélanie sonne, il s'agit d'Herbert.

– Oui, colonel.

– Heureux d'entendre votre voix, Mademoiselle Saintonge. Vous et le commandant Magellan allez bien ?

Elle est surprise par la compassion d'Herbert, Georges encore plus, d'autant plus qu'il semble se préoccuper de lui.

– Euh, oui, nous allons bien…

– … Voici une bonne nouvelle. J'ai l'intime conviction qu'il a voulu vous tendre un piège à tous les deux.

– Nous sommes arrivés à la même conclusion, colonel.

– Je vous assure que dès que nous l'aurons retrouvé, il sera jugé sévèrement pour ses actes. En attendant, nous avons localisé sa trace, il se dirige sur Paris. Plusieurs équipes sont mobilisées pour tenter de l'intercepter sur l'un de lieu qu'il a par habitude de fréquenter.

– J'espère qu'ils vont le capturer.

– Croyez-moi, nous ferons le maximum. Un vol vous attend pour la capitale. J'ai fait rapatrier votre voiture chez vous, un taxi vous attendra à Roissy pour vous conduire directement au bureau. Il est temps que le commandant puisse faire connaissance avec toute l'équipe.

    – Bien, colonel, je lui transmets l'information.

    – Ne vous fatiguez pas Mélanie, je sais qu'il m'entend. Bon voyage.

Elle raccroche, et ils se regardent tous les deux, surpris du ton aimable d'Herbert.

    – Tu vois, peut-être que finalement, il t'aime bien…

    – … je n'irais pas jusque là, mais je dois avouer qu'il y a un énorme progrès.

Le retour dans l'avion sur Paris n'aura pas réellement entamé la colère de Mélanie. Elle tente de comprendre pourquoi elle n'a pas su anticiper le comportement de Gérald, pourquoi vouloir l'éliminer ? Georges tentera de la rassurer durant tout le voyage. Il arrivera à ses fins, avec beaucoup de difficultés, en utilisant son arme favorite ; l'humour. Il détournera, ce qu'il estime n'être que de la folie, en une vengeance d'une jalousie maladive de son ex.

Aéroport de Roissy, 22 août 2016 19 h 50

En arrivant dans le hall de l'aéroport de Roissy, ils sont surpris de voir le colonel Herbert qui les attend… le sourire aux lèvres.

    – Il me fait presque peur quand je le vois heureux.

    – Tais-toi, il pourrait nous entendre… mais, c'est vrai qu'il fait flipper…

Ils récupèrent leurs bagages et se dirigent vers Herbert.

    – Bonjour Colonel, nous ne pensions pas vous voir ici.

    – Bonjour Mélanie, commandant.

    – Bonjour colonel.

    – Vous avez fait bon voyage ?

    – Euh… oui. Mais nous ne devions pas nous retrouver directement au bureau.

– Oui, mais j'ai préféré gagner un peu de temps, pour que nous discutions pendant le trajet. Ma voiture est justement là.

Georges et Mélanie prennent place à l'arrière de la berline noire, pendant que le chauffeur, un jeune caporal, dépose leur valise dans la malle.

– Je vois que vous avez réussi à former un bon binôme.

– Oui, même si nous n'avons pas encore réussi à appréhender le suspect.

– Je vous fais confiance, Magellan. Je suis certain que vous y arriverez. Il en va de l'avenir de ce monde que nous connaissons.

– J'en suis conscient, colonel.

– Et vous, Mélanie. Vous tenez le choc, après votre dernier voyage.

– Oui, Georges est d'un grand soutien, dit-elle en lui posant sa main sur la sienne.

– Je vois.

– Pourriez-vous m'en dire un peu plus sur vos fameux experts ? insiste Georges, afin de changer de conversation.

– C'est une entité de cinq personnes, dirigée par le professeur Bellanger.

– Ce ne sont pas des militaires ?

– Non, des scientifiques, tout comme Mélanie. Mais assujettis aux mêmes règles de silence que nos soldats, si c'est votre inquiétude. Mais Bellanger quant à lui est bien un militaire.

– Et si j'ai bien tout compris, leur rôle est de pister l'uchroniste et d'essayer d'anticiper ses actions.

– Exactement, je vois que Mélanie vous a bien briefé.

– Comprenez-vous pourquoi vous n'arrivez pas à le capturer lorsqu'il revient dans le présent ?

– Gérald est un homme très intelligent, il ne fait rien au hasard. Il anticipe toujours sa fuite, et pour le moment je dois avouer qu'il a toujours eu un coup d'avance sur nous… mais nous savons qu'il va commettre une erreur, et nous serons là pour le capturer.

– Avez-vous élaboré une nouvelle stratégie ?

Le colonel reçoit un appel téléphonique qui vient stopper cette conversation.

– Oui, Bellanger.

– …

– Quand ?

– …

– Une piste ?

– …

– Continuez à le traquer. Je suis avec nos alithochronistes, je les emmène sur les lieux.

Herbert raccroche et s'adresse à Georges et Mélanie.

– L'uchroniste est reparti… en 1793, le 19 janvier…

– … le procès de Louis XVI.

– Exactement, Mélanie. Que savez-vous sur le sujet ?

– J'ai fait une thèse sur ce procès, donc à peu près tout ce qu'il est possible de savoir.

– Très bien, donc vous savez ce qu'il se passe dans la tête de l'uchroniste.

– Le 19 janvier est le dernier volet de la condamnation à mort de Louis XVI, après plusieurs recours et votes, un dernier appel nominal a lieu… à une voix près, il est définitivement condamné.

– Donc, s'il réussit à convaincre l'un des membres, Louis XVI ne mourra pas.

– Imagine les conséquences sur l'histoire de France.

Au bout de quelques minutes de conduite périlleuse dans le centre de Paris, le colonel Herbert dépose Georges et Mélanie près de l'ancien palais des Tuileries.

– Nous allons reprendre les mêmes vêtements que pour notre dernier voyage, nous devrions passer inaperçus même au XVIIIe siècle.

– Et pour l'eau ? lui demande Georges.

–   Changez-vous, je vais aller vous trouverez cela dans le jardin des Tuileries.

–   Mais, il n'y a pas d'épicerie dans le parc…

–   … laisse le colonel faire, Mélanie, je suis certain qu'avec cette chaleur, il va trouver un vendeur à la sauvette.

–   Exactement.

Ils enfilent rapidement leurs vêtements et attendent le retour d'Herbert.

–   Où allons-nous exactement ?

–   Dans la salle du manège.

–   Où est-elle ?

–   La bonne question est, où était-elle ?

–   Je vois, elle n'existe plus.

–   Tu as tout compris.

Le colonel Herbert fait son retour avec deux bouteilles d'eau bien fraîche.

–   Tenez, et savourez-les, elles m'ont coûté cinq euros chacune.

À peine ont-ils terminé de boire, que Mélanie enclenche le mécanisme, direction 1793…

Paris - Palais des Tuileries, 19 janvier 1793 21 h

Georges est surpris par la taille du bâtiment, c'est un énorme parallélogramme de plus de 50 mètres de long sur près de 15 mètres de largeur et pas loin de 10 mètres de hauteur.

–   Comment comptes-tu nous faire entrer ?

–   Cela ne devrait pas être trop compliqué, les délibérations sont publiques, il ne nous reste plus qu'à trouver l'entrée du peuple.
Et d'après mes souvenirs, nous ne devrions pas être très loin.

Effectivement, à quelques pas, une grande porte en bois avec au-dessus l'inscription « Tribune du public ». Ils se présentent tous les deux aux gardes.

– Bonjour, nous sommes les citoyens Herbert et Pelissier, nous voudrions assister au procès de Louis Capet.

– Entrez, ça n'a pas encore commencé… mais dépêchez-vous, avant qu'on ne lui coupe la tête… ah, ah, ah…

Georges et Mélanie pénètrent à l'intérieur, en souriant pour faire bonne impression.

– Pourquoi lui avoir donné de faux noms ?

– Magellan, ça ne sonne pas tellement citoyen français.

– D'accord, mais Saintonge, c'est pas mal.

– Euh… pas vraiment à cette époque.

– Pourquoi ?

– Je t'expliquerai cela plus tard. Cherchons plutôt Gérald.

Ils se fondent dans la foule, à la recherche de l'uchroniste. Georges est impressionné par l'intérieur de cette fameuse salle du manège, de larges croisées de chaque côté, lui donner un aspect d'église. Les gradins des députés sont très fournis, entre 700 et 800 députés sont présents. Après plusieurs minutes de recherche, Mélanie commence à s'inquiéter.

– C'est tout de même étrange.

– Quoi donc ?

– Je ne vois pas comment il pourrait réussir à convaincre un député de voter différemment.

– Je suis d'accord avec toi… Assure-toi qu'il est toujours présent en 1793.

Mélanie examine discrètement son module, Gérald est toujours à la même époque qu'eux.

– C'est incompréhensible… et regarde… le vote…

– 361 pour, 360 contre ! Exactement comme prévu. Il y a quelque chose qui cloche.

– Regarde ! Là-bas !

Gérald est près de la sortie, ils les observent en souriant, puis leur fait un signe de la main avant de s'éclipser vers l'extérieur.

– Suis-moi, nous devons le rattraper !

Ils tentent de se faufiler dans la masse, manquent de faire tomber une vieille femme, puis arrivent enfin vers la sortie. Tout à coup, ils entendent une détonation.

    – Ce doit être lui, il est reparti dans le présent. Appuie sur le module Mélanie !

Paris 1er arrondissement, 22 août 2016 21 h 30

Mélanie et Georges se précipitent en direction de la sortie du jardin des Tuileries, là où ils ont vu Gérald se sauver. À peine franchissent-ils le portail qu'une voiture noire part en trombe sur la rue de Rivoli. Ils ont eu le temps d'apercevoir le conducteur, il s'agissait bien de l'uchroniste.

Ils retournent, dépités, vers leur point de départ. Herbert les attend, il semble surpris de les voir débarquer.

    – Vous… vous m'avez l'air essoufflés. Que s'est-il passé ?

    – Nous l'avons poursuivi jusque dans le présent, malheureusement, il avait prévu sa fuite… en voiture.

    – Nous trouverons le moyen de l'arrêter, je vous l'assure. Mais, le vote s'est passé sans encombre ?

    – Oui, c'est incompréhensible.

    – Nous tentons de comprendre le piège qu'il a voulu mettre en place, comme pour notre mésaventure à Pampelune. Ajoute Georges.

    – N'a-t-il pas tout simplement été empêché ?

    – Nous pensons que le procès n'était pas l'objectif de Gérald.

    – Pour quelle raison ?

    – Il lui aurait été totalement impossible d'approcher d'un député pour le soudoyer, voir le neutraliser.

    – Vous spéculez, donc, qu'il vous a de nouveau tendu un piège ? Mais lequel ?

    – J'ai peur que nous ne le découvrions rapidement…

— En attendant, je vais vous raccompagner chez vous. Il vous faut vous reposer, nous débrieferons de tout ceci demain matin au bureau.

Alors qu'il pénètre dans la voiture d'Herbert, Georges l'interpelle.

— Dites-moi, Colonel. Qu'allez-vous faire de l'uchroniste et du module temporel, une fois que nous l'aurons appréhendé ?

— Cette décision n'est ni de votre ressort ni du mien, commandant…

Histoire

Le procès de Louis Capet, dit Louis XVI débute dès le 10 octobre 1792, lorsque Pierre Bourbotte[21], député de l'Yonne, réclame le premier sa mise en jugement, pour une condamnation à mort, ainsi que celle des « prisonniers du Temple ». Le 16 novembre, le député de Haute-Garonne, Jean Mailhe[22], est désigné par le « Comité de Législation », afin de préparer la procédure à suivre. Le 6 décembre, Marat[23] parvient à convaincre la Convention de voter sans débat, et que tous les scrutins du procès auront lieu par appel nominatif et à voix haute. Le procès s'ouvre le 11 décembre 1792, Louis XVI est représenté par

---

[21] Pierre Bourbotte, né le 5 juin 1763 à Vault-de-Lugny et guillotiné le 17 juin 1795 à Paris, était un député de l'Yonne à la Convention nationale.

[22] Jean Baptiste Mailhe de son nom complet, né à Guizerix le 2 juin 1750 et mort à Paris le 1er juin 1834, est un homme politique français, député de la Haute-Garonne à la Convention nationale. Il laisse son nom à l'« amendement Mailhe », vœu qu'il émit lors du procès de Louis XVI, et tendant à retarder son exécution.

[23] Jean-Paul Marat, né le 24 mai 1743 à Boudry (Principauté de Neuchâtel) et mort assassiné le 13 juillet 1793 à Paris, est un médecin, physicien, journaliste et homme politique français.

trois avocats ; François Tronchet[24], Guillaume de Lamoignon de Malesherbes[25] et Romain Sèze[26]. L'acte d'accusation fut préparé par Jean-Baptiste Lindet[27]. Le 26 décembre 1792, Louis XVI est appelé pour la première fois à la barre, trois semaines plus tard, le 17 janvier 1793, il est condamné à mort ; 721 votants (sur les 745 membres, 1 est mort, 6 sont malades, 2 absents sans cause, 11 par commission et 4 dispensés) : 361 pour la mort immédiate, 26 pour la mort en demandant la discussion sur le sursis, 46 pour la mort avec sursis et 288 pour la détention ou le bannissement. Le même jour, à partir de 20 heures, le vote a lieu pour l'exécution de la peine : 366 pour la mort, 319 pour la détention puis le bannissement, 2 pour les fers, 34 pour la mort avec clause restrictive. Le 18 janvier, un nouveau décompte nominal est demandé par des modérés : votants 721, mort sans condition 361, soit à une voix près. La vérité est qu'il y a eu 26 voix comptabilisées en plus dues à un amendement de la part de Jean Mailhe. Le 19 janvier, un nouvel appel nominal a lieu, avec la question : Sera-t-il sursis à l'exécution du jugement de Louis Capet ? Le vote se terminera le 20 janvier 1793 à 2 heures du matin : 690 votants, 310 pour et 380 contre. Louis XVI sera guillotiné le 21 janvier 1793.

---

[24] François Denis Tronchet, né le 23 mars 1726 à Paris, mort le 10 mars 1806 à Paris, est un jurisconsulte et homme politique français des XVIIIe et début du XIXe siècles.
[25] Chrétien-Guillaume de Lamoignon de Malesherbes, né le 6 décembre 1721 à Paris, où il a été guillotiné le 22 avril 1794, est un magistrat, botaniste et homme d'État français.
[26] Raymond, comte de Sèze, ou plus communément Romain Desèze, il est d'abord avocat puis magistrat et homme politique français né à Bordeaux le 26 septembre 1748 et mort à Paris le 2 mai 1828.
[27] Jean-Baptiste Robert Lindet, né à Bernay, probablement le 2 mai 1746, mort à Paris, le 16 février 1825, est un révolutionnaire et un homme politique français.

PARTIE 2
DU TELEPHONE A LA GUERRE

Toute l'invention consiste à faire quelque chose de rien.

Jean Racine

CHAPITRE 7 : ÉVIDENCES

Paris 3e arrondissement, 23 août 2016 8 h

Une odeur agréable de café chaud finit de convaincre Mélanie de se lever. Elle enfile une chemise qu'elle emprunte dans l'armoire de son hôte, puis se dirige vers la cuisine. La tenue légère de sa compagne ravit l'œil malicieux de Georges.

- Ne me regarde pas comme cela, j'ai l'impression d'être nue.
- Ma chemise te va à merveille.
- Je ne savais pas trop quoi mettre, alors je me suis permise de…
- … laisse tomber, Mélanie. Tu as bien fait.
- Je vais devoir passer chez moi, prendre quelques affaires.
- Nous avalons un bon petit-déjeuner, dont tu me diras des nouvelles et je t'accompagne.
- Parfait. As-tu réussi à récupérer ?
- Crois-tu que nous nous soyons réellement reposés cette nuit ?

Elle s'approche tendrement de sa joue, l'embrasse, puis lui murmure à l'oreille.

- En tout cas, après oui…

Georges a préparé un vrai repas : œufs brouillés, tartines grillées, salade de fruits, confitures maison. Mélanie n'en revient pas.

   –   Tu es vraiment à l'opposé de ce que je m'imaginais de toi.

   –   Que veux-tu dire ?

   –   Eh bien, ton dossier te décrit pratiquement comme loup solitaire, asocial, enchaînant les conquêtes…

   –   … n'en rajoute pas, j'ai compris l'idée. Donc tu as lu mon dossier ?

   –   Oui, enfin je pense que tu aurais fait la même chose, non ?

   –   Je ne crois pas, et ce que tu viens de me dire me conforte dans cette idée.

   –   Du coup, je suis heureuse qu'ils se soient plantés à ton sujet.

   –   Tu m'en vois rassuré. Mais mange, il nous faut prendre des forces.

Une heure trente plus tard, ils se trouvent devant l'entrée de la demeure de Mélanie. Un immense portail en fer forgé permet l'accès à un vaste parc. Une allée bordée de magnifiques chênes centenaires mène sur une grande bâtisse… un petit château. Georges n'en croit pas ses yeux. Alors que la grille d'entrée s'ouvre automatiquement, et que la voiture se dirige sur le chemin de la maison, aucun son ne peut sortir de sa bouche.

Un couple les attend au pied d'un escalier de marbre menant à la porte principale du manoir. L'homme vient ouvrir la portière conducteur.

   –   Vous avez fait un bon voyage, madame ?

   –   Oui, merci Henri.

   –   Devons-nous vous préparer un petit-déjeuner ?

   –   Non, c'est fait. Je viens simplement récupérer quelques vêtements.

– Bien, madame.

Georges sort de la voiture et se dirige vers Mélanie, intrigué par ce qu'il voit et entend.

– Je vous présente Georges Magellan, mon compagnon.

– Enchanté, monsieur.

– Je te présente, Benoit et Jeanne qui ont la lourde charge de l'entretien de cette demeure familiale.

– Bonjour.

Ils montent les escaliers et pénètrent dans un immense hall, au milieu duquel trône un autre escalier de marbre, permettant d'accéder aux étages supérieurs.

– Tu me dois quelques explications, Mélanie.

– Sur quoi ?

– Ne fais pas l'innocente… sur tout ça.

– Je te l'ai déjà dit, je viens d'une famille aristocrate du 18e siècle, les Saintonge, et cette demeure familiale appartient à ma famille depuis des générations. Nous y habitons avec mes parents.

– Je n'avais pas réellement compris les choses ainsi. Mais tes parents sont ici ?

– Non, rassure-toi. Ils viennent très rarement, ils passent la grande majorité de leur retraite en voyage ou dans notre maison de campagne du sud de la France.

– C'est pour cela que tu n'as pas donné ton vrai nom en 1793.

– Oui, à cette époque mes aïeux avaient fui dans le sud pour éviter la guillotine.

– C'est peut-être une piste sur le piège tendu par l'uchroniste.

– J'y ai pensé, mais il n'aurait pas eu beaucoup de temps pour convaincre un révolutionnaire de poursuivre ma famille jusque dans le sud. Et il n'est pas assez stupide pour imaginer que j'ai pu me dénoncer en donnant mon vrai nom.

– Oui, d'autant qu'il aurait pu prévenir le garde à l'entrée avant notre arrivée.

– Cela reste un mystère. Allons voir au bureau s'ils ont trouvé quelque chose.

– Oui, j'ai hâte de revoir mon ami Herbert.

– Je croyais que tout était passé à autre chose, à son sujet ?

– C'est vrai, mais j'ai toujours une petite voie intérieure qui me dit que tout n'est pas très clair…

– … oublie ce que je viens de dire. Ta difficulté à faire confiance m'agace quelque peu.

– Mais, je te fais entièrement confiance.

– Très bien, il ne te reste plus qu'à coucher avec lui, et tout s'arrangera.

– Très drôle, Mélanie, très drôle. En attendant que nous soyons aussi intimes avec Herbert, dis-moi combien de personnes travaillent au SVT ?

– Pas grand monde, une dizaine de militaires, six experts et le professeur Wells.

– Ah, oui, le fameux Wells…

– … ne te moque pas, c'est un homme que j'apprécie beaucoup.

Jeanne revient avec une valise d'une grande marque qu'elle a préparée pour Mélanie.

– Tenez, madame.

– Merci, Jeanne. Ne perdons plus de temps, Georges, allons-y.

– Bien sûr, madame. La voiture est avancée…

– … Très drôle…

Après une heure de route, ils arrivent en face d'un bâtiment, appartenant visiblement au ministère de l'Intérieur.

– Je n'ai jamais entendu parler d'une quelconque organisation militaire se trouvant dans ce coin de Paris.

– Souviens-toi que personne ne doit se douter de son existence, c'est pourquoi ils se sont nichés dans un quartier résidentiel.

– Effectivement, difficile de se dire que des militaires et des scientifiques travaillent ici.

Mélanie s'approche de la porte principale, pose son pouce sur un détecteur d'empreinte, un petit volet métallique s'ouvre au-dessus du système et fait apparaître un digicode, elle y tape six chiffres, puis un autre petit volet s'actionne et fait apparaître un détecteur oculaire, elle approche son œil droit, un bruit se fait entendre ; la porte d'entrée est ouverte.

– Ah, quand même ! C'est Fort Knox[28] !

Mélanie ne lui répond pas, et ils entrent dans le bâtiment, traversent un long couloir au fond duquel les attend le colonel Herbert.

– Bonjour commandant Magellan, mademoiselle Saintonge.

– Bonjour colonel.

– Suivez-moi, je vais vous faire visiter les lieux. Il est tant que vous rencontriez ceux qui vous font voyager dans le temps.

Après la traversée d'un long couloir sombre, bordé de plusieurs portes grises, ils parviennent à une grande salle fortement éclairée. Les lieux ressemblent plus à un open-space d'une jeune start-up informatique qu'à un quartier général. Six individus sont à la tâche sur leurs ordinateurs dernière génération. L'un deux s'approche.

– Commandant, je vous présente le sergent-chef Bellanger responsable de l'équipe des experts.

– Enchanté, chef.

– De même, commandant.

---

[28] Fort Knox est un camp militaire de la United States Army construit en 1918 et situé aux États-Unis dans le Kentucky, au sud de Louisville et au nord d'Elizabethtown. Depuis 1937, le gouvernement fédéral américain y entrepose la réserve d'or des États-Unis.

Les deux hommes se serrent une franche poignée de main. Bellanger semble plutôt jeune, mais sa barbe fournie lui fait paraître dix années de plus.

– Pourriez-vous m'expliquer en quoi consiste votre travail, ici ?

Le sergent-chef jette un regard vers le colonel Herbert afin d'obtenir son accord.

– Je vous en prie, Bellanger, le commandant est en droit de savoir qui l'envoie dans des missions aussi périlleuses.

Les explications débutent avec la présentation du matériel haut de gamme, dont est doté le SVT. Georges ne comprend que la moitié de mots qui sortent de la bouche du sergent-chef, mais acquiesce d'un large sourire, ce qui paraît ravir son interlocuteur. Bellanger prend l'exemple de la mission de Loyola pour préciser comment à partir d'un lieu et d'une date, ils essaient de retrouver les événements les plus probables et surtout les conséquences que pourraient engendrer leurs modifications.

– Vous êtes tous des historiens, en quelque sorte ?

– Trois seulement, les deux autres sont en charge de la traque permanente de l'uchroniste. Et c'est également eux qui envoient toutes les informations utiles sur le module de mademoiselle Saintonge, avant votre départ dans le passé.

– D'accord. Mais dites-m'en plus sur les répercussions, comment pouvez-vous être certains de ce qu'il risque de se passer ?

– Il ne s'agit que de théories…

Bellanger est interrompu par l'arrivée d'un homme d'une soixantaine d'années, vêtu d'une blouse blanche. Herbert s'approche de Georges et le prend par le bras.

– Commandant, laissez-moi vous présenter le professeur Wells.

– Ah, heureux de faire votre connaissance, professeur.

– Plaisir partagé, commandant.

– Vous aviez un nom prédestiné, professeur.

Wells ne répond pas, probablement blasé par cette comparaison avec l'auteur de la <u>machine à explorer le temps</u>, mais surtout impatient de retrouver Mélanie. Ils s'approchent l'un de l'autre et s'enlacent. Elle lui voue une grande admiration. Il apparaît plus qu'une simple amitié entre les deux.

- Heureux de te revoir saine et sauve, ma petite.
- Merci, mais je crois que sans l'aide de Georges, cela ne serait pas le cas.
- Vous avez d'ores et déjà toute ma reconnaissance, commandant.

Le professeur entame des explications sur son invention, Georges écoute avec attention, même si la plupart des éléments lui ont déjà été exposés par Mélanie.

- J'aimerais comprendre, pourquoi si les deux modules ont été construits comme secours, ne pourrions-nous pas obliger l'uchroniste à aller dans une époque précise, notamment le présent.
- Je vois que vous employez ce terme, cher au colonel, commandant. Mais pour répondre à votre question, le module de secours n'autorise pas de choix de date du passé, il est lié au module principal. Il n'a été conçu que pour suivre et en cas de souci de permettre de revenir dans le présent. C'est la raison pour laquelle vous devez tout faire pour lui subtiliser durant un voyage dans le temps.
- J'ai cru également comprendre que vous pouviez le géolocaliser. Pourquoi paraît-il aussi compliqué de le cueillir ?
- La géolocalisation est permise par l'énergie résiduelle émise lorsque le module est déclenché, il est donc déjà trop tard. C'est sur le retour dans le présent, que nous arrivons à maintenir une surveillance, mais uniquement durant quarante-cinq minutes, après l'énergie résiduelle est trop faible.
- Pensez-vous également que le principe de causalité soit une mascarade ?
- Je vois que Mélanie vous a expliqué beaucoup de choses. Il est vrai que Gérald ne croyait en rien à cette théorie.

– Mais vous, professeur. Qu'en pensez-vous ? Il semblerait que pour le moment, il est tort.

– Je ne peux pas l'affirmer formellement. Si nos actes dans le passé doivent avoir une conséquence dans le présent, les modifications, selon ma propre théorie, ne seront visibles qu'au bout de quelques semaines, voire mois.

– Cette perspective ne m'enchante guère, professeur. Et à votre avis, pourquoi n'a-t-il rien fait ou tenté en 1793 ?

– Probablement par manque de temps. Mais est-on certain qu'il a été totalement inactif ?

Le colonel Herbert reprend la parole afin d'éviter de ne sombrer dans des hypothèses insensées.

– Je vous en prie, professeur Wells, ne rentrons pas dans ce genre de considération.

– Vous avez raison, mais ces premiers voyages ne seraient-ils tout simplement pas des essais pour un autre dessein ?

– Lequel ? insiste le colonel.

– Mélanie, toi qui le connaît mieux que qui compte ici. Qu'en penses-tu ?

Elle réfléchit un long moment, et se souvient qu'il était toujours aigri de se rendre compte que son intelligence n'était jamais récompensée à sa juste valeur.

– … d'ailleurs, il parlait souvent de vous, professeur. Un génie pareil devrait être milliardaire, me ressassait-il régulièrement.

– Ne serait-ce tout simplement par l'argent, le but ? interroge Georges.

– Bien sûr, si un homme pouvait remonter dans le passé, notamment au milieu du XIXe siècle, avec toute cette révolution industrielle, il suffirait qu'il fasse le pari de modifier le cours des événements scientifiques, et par je ne sais quel moyen, s'enrichir.

Herbert intervient à nouveau.

– Voici une excellente raison ! Bravo professeur !

Wells regarde son interlocuteur avec stupéfaction, c'est la première fois qu'il le voit aussi enthousiaste à son égard.

–   Nous avons, enfin, peut-être une chance d'avoir de l'avance sur lui.

–   Que voulez-vous dire, colonel ? lui demande Mélanie.

–   Bellanger !

–   Oui, colonel ?

–   Réunissez votre équipe et étudiez tous les scénarii sur les inventions les plus importantes du XIXe siècle. Et faites-moi une liste de celles qu'ils seraient faciles pour l'uchroniste de venir détourner à son profit.

–   Bien, colonel, mais la tâche va être rude…

–   … Ne discutez pas, mettez-vous au travail, maintenant !

Bellanger retourne auprès de son équipe d'experts, déjà abattue par la montagne à gravir.

–   Quant à vous deux, rentrez chez vous. Reposez-vous au maximum… je suis certain qu'il va sévir d'ici peu.

CHAPITRE 8 : USURPATEUR

Paris 1ᵉʳ arrondissement, 29 août 2016 13 h

Cela fait plusieurs jours que le SVT n'a plus donné de nouvelles, Mélanie et Georges en ont profité pour se balader dans les rues de la capitale, à la découverte des endroits les plus insolites. Georges est admiratif des connaissances historiques de sa coéquipière, il n'en rate pas une miette. Il a l'impression de redécouvrir une ville qu'il arpente sans la voir depuis de nombreuses années. Ils achèvent leur visite matinale dans une brasserie célèbre du 1ᵉʳ arrondissement, le Zimmer, fondé au XIXe siècle. Le restaurant se trouve à quelques rues des bureaux du SVT, de l'autre côté de la Seine.

— Si nous allions rendre visite à nos collègues, après un bon repas ?

— Ils te manquent vraiment ?

— Quand je dis « nos collègues », je pense surtout au professeur Wells.

— Il a l'air d'un chic type, un peu allumé, mais gentil.

— Oui, il m'a été d'un grand soutien, avant que nous n'entamions les essais. Nous avons beaucoup sympathisé.

— J'ai eu l'impression qu'il y avait plus que cela.

    – Il venait de perdre une fille de mon âge, lorsque nous nous sommes rencontrés pour la première fois. Nous en avons beaucoup parlé ensemble, c'est probablement ce qui nous a rapprochés.

Alors qu'ils dégustent tous les deux la spécialité de la maison, une choucroute alsacienne au Riesling, Mélanie en dévoile un peu plus sur le professeur Wells et leur amitié.

    – En somme, tu le considères comme un père et lui te voit comme une fille.

    – Euh, oui… mais j'aime mon père… même si je ne le vois que très peu.

    – Je n'en doute pas.

    – Mais, dis-moi plutôt, ce que tu penses de cette histoire d'invention et de brevet. Personnellement, je suis assez sceptique.

    – Tu l'as pourtant dit, toi-même. Gérald est en recherche de reconnaissance.

    – Je n'ai pas exactement dit cela. Il ne comprend pas que des génies comme le professeur ne soient pas milliardaires.

    – Mélanie, tu sais très bien que ce type est un malade, il se prend pour un dieu.

    – Oui, oui… tu as peut-être raison.

    – Nous profiterons de notre visite au SVT pour poser la question à Wells, en privé. J'ai senti que la présence d'Herbert le mettait mal à l'aise.

Les 500 mètres séparant le restaurant des bureaux du ministère de l'Intérieur auront été l'occasion d'une balade digestive. En entrant dans les locaux, ils sont accueillis par le professeur Wells en personne.

— Bonjour, Mélanie, bonjour Georges.

— Professeur ? Vous semblez soucieux.

— Oui, suivez-moi, j'ai à vous parler.

Ils l'accompagnent jusqu'à son bureau situé à côté de celui de Bellanger.

— Georges, vous m'avez l'air d'un garçon raisonnable, et je sais que Mélanie vous fait une grande confiance.

— C'est gentil professeur, mais qu'avez-vous de si important à nous dire ?

— Promettez-moi de détruire les modules dès que vous aurez mis la main sur celui de Gérald. Je sais qu'Herbert veut les récupérer intacts, mais je ne peux pas me résigner à laisser mon invention à l'armée… j'ai trop peur de ce qu'ils pourraient en faire.

Ils restent tous les trois silencieux un long moment, puis Mélanie prend les mains du professeur dans les siennes.

— Rassurez-vous, c'est bien notre intention.

— Merci. Merci à tous les deux. Je n'en dort plus de la nuit…

La porte du bureau s'ouvre avec force, le colonel fait son apparition.

— Vous êtes bien là ! Suivez-moi ! nous avons une piste !

Chacun reste interloqué par l'intervention autoritaire d'Herbert. Mélanie et Georges quittent le professeur et se dirigent vers la salle des experts. En entrant dans les locaux, le ton ne change pas.

— Qu'avez-vous découvert ?

— 1854 ! crie l'un des scientifiques.

— Août ! précise Bellanger.

— Une idée du lieu ? interroge Georges.

— …

— Eh bien, Bellanger ! Répondez ! hurle Herbert.

– Les calculs sont en cours sur les serveurs, nous allons avoir la réponse dans quelques secondes.

– Douai !

Bellanger retourne vers l'ordinateur principal où l'un des experts entre les informations récoltées.

– Bellanger, Bellanger ! Nous attendons vos conclusions.

– Oui, oui, colonel… voilà ! Charles Bourseul !

– Celui du téléphone ? demande Mélanie.

– Exactement.

– Que savez-vous nous dire sur ce Bourseul, mademoiselle Saintonge ?

– Il aurait pu être le véritable inventeur du téléphone, si en 1854 le mémoire qu'il a déposé à sa hiérarchie du télégraphe, avait été pris au sérieux.

– L'uchroniste pourrait-il déposer le mémoire en tant que brevet ? demande Georges.

– Je vous suis commandant, il va probablement chercher à s'enrichir avec cette invention.

– Nous ne sommes pas certains qu'il s'agisse là de son intention.

– Tu sais très bien que si, Mélanie. Dis-nous plutôt, où il va devoir se rendre pour déposer le brevet ?

– Au directoire des brevets d'invention. Il dépend du ministère de l'Intérieur.

– Et où se situe ce directoire ?

– Chaque département possédait un secrétariat, au XIXe siècle. Et celui le plus proche pour Bourseul se situait à Lille.

– Très bien, allons sur Lille !

– Commandant, vous avez entendu nos experts, l'uchroniste est à Douai. Vous devez vous rendre sur le même lieu.

– Faites-moi confiance, colonel. Nous devons aller à Lille.

– Expliquez-vous.

– Douai est le lieu d'habitation de Bourseul, mais l'uchroniste va vouloir l'accompagner à Lille pour qu'il y dépose son brevet.

– Georges a raison, colonel. Gérald va chercher un moyen de convaincre Bourseul d'agir ainsi.

– Et cela nous permettra d'avoir un temps d'avance sur lui.

– Ça se tient, répond-il un peu embarrassé.

Il ne leur faudra que quelques minutes pour se préparer, une valise est déjà prête avec des vêtements pour le milieu du XIXe siècle. Afin de perdre le moins de temps possible, le colonel Herbert leur prête sa voiture de fonction, une berline allemande flambant neuve.

– Je monte une équipe rapidement et nous vous rejoignons sur place pour l'appréhender à votre retour dans le présent.

– Bien reçu, colonel.

Lille, 29 août 2016 16 h 55

Le trajet vers Lille se fera en moins de deux heures, Georges ayant abusé de la puissance du véhicule. Arrivés à l'adresse indiquée par Bellanger, ils font face à un bureau de poste fermé à partir de 16 h 30 en été.

– C'est notre chance, il n'y aura aucun badaud pour nous surprendre dans notre saut dans le passé.

– En attendant, essaie de te changer aussi vite que tu conduis, cela nous fera gagner du temps.

– Oh, oh ! Madame a mangé un clown.

– Tiens, enfile plutôt cette magnifique redingote et bois ta ration d'eau.

– Pourquoi c'est toujours moi qui ai l'air ridicule dans ces vêtements, alors que toi tout te va à ravir ?

– Tu veux qu'on échange ?

– Je ne suis pas certain que cette robe m'irait comme un charme…

Au même moment, les cloches de l'église voisine retentissent pour avertir qu'il est 17 heures.

– Donne-moi la main, nous devons y aller.

À peine Mélanie appuie-t-elle sur le bouton du module, qu'ils disparaissent dans une détonation sourde.

Lille, 28 août 1854 11 h 45

Les effets du voyage sont devenus une habitude, ils anticipent de mieux en mieux l'atterrissage…

- Es-tu certaine que nous soyons dans le passé ? La bâtisse est pratiquement la même.
- Elle paraît tout de même plus neuve, et surtout ce n'est pas une poste, regarde au-dessus de la porte.
- S.D.B.I. de Lille. Et ça veut dire ?
- Secrétariat de la Direction des Brevets d'Invention de Lille, nous sommes au bon endroit.
- Me voilà rassuré, nous n'avons plus qu'à attendre.
- Oui, et probablement longtemps, Gérald doit convaincre Bourseul et se rendre avec lui jusqu'à Lille.

Les deux agents du SVT en profitent pour se questionner sur le bien-fondé de leur hypothèse et plus le temps avance, plus ils émettent des doutes sur leur capacité à prévoir les actions de l'uchroniste. Mais, contre toute attente, au bout de trois heures, ils aperçoivent deux hommes qui s'approchent du bâtiment administratif.

- C'est eux, regarde !
- Quel âge est censé avoir Bourseul ?
- 25 ans… mais on s'en moque…
- … non, c'est qu'il a l'air beaucoup plus vieux…
- … Georges ! c'est pas le moment ! L'important, c'est que tu avais raison. Il a réussi à convaincre Bourseul de venir déposer son brevet.
- Oui, c'est pour cela que je suis surpris de les voir ensemble, j'aurai imaginé qu'il lui vole son brevet et qu'il le dépose en son nom.

–   Cela aurait été impossible… Gérald n'existe pas en 1854…

–   Tu marques un point. Nous devons intervenir avant qu'il ne soit trop tard, Mélanie.

–   D'accord, mais laisse-moi faire.

–   Je te suis.

Ils s'approchent d'un pas décidé vers les deux hommes.

–   Ne fais pas cela, Gérald !

L'uchroniste se retourne, surpris par la voix qu'il vient d'entendre.

–   Mél… Mélanie ? Comment avez-vous fait pour me retrouver ?

–   Nous avons compris ce que tu manigançais avec le module… tu souhaites t'enrichir…

–   … Ah, ah ! Tu es loin de la vérité, ma belle.

Bourseul paraît perdu, il ne comprend pas ce qu'il lui arrive, pendant ce temps Georges reste immobile, prêt à intervenir à tout moment.

–   Et lui, j'imagine que c'est ton nouvel amant ?

–   Je peux savoir ce qu'il se passe, demande Bourseul.

–   Vous restez en dehors de tout cela, nous devons nous concentrer sur votre brevet.

–   Ne lui faites pas confiance, il ne souhaite que vous voler votre invention.

–   Comment cela ? Je croyais que vous étiez venu pour m'aider ?

–   Ne les écoutez pas, ils racontent n'importe quoi.

Gérald saisit Bourseul par le bras et commence à se diriger vers la porte principale de l'édifice du S.D.B.I. de Lille.

–   Que faites-vous ? Lâchez-moi !

–   Je vous préviens, si vous essayez d'intervenir, je repars avec lui dans le présent…

–   … Gérald, ne fais pas ça !

Pris de panique, Bourseul marmonne quelques mots.

–   Je ne voulais pas… il m'a obligé à l'accompagner… mais pourquoi ce n'est pas le chef de service qui… bien sûr… c'est ça, c'est un stratagème de l'administration… ils veulent me faire taire. J'aurais dû m'en douter lorsqu'ils m'ont ri au nez… « c'est quoi que cette idée farfelue, Bourseul ? »… « contentez-vous de faire votre métier », « laissez la technologie aux ingénieurs »… mais, mais… je ne vais pas me laisser faire !

D'un coup brusque, il se détache de l'étreinte de l'uchroniste et s'enfuit en courant vers Georges et sa coéquipière. Gérald est fou de rage.

– Revenez ! Vous n'avez rien compris !

Bourseul ne demande pas son reste et poursuit son chemin vers le centre-ville sans se retourner.

– C'est fini, Gérald. Rends-nous le module, lui demande Mélanie, d'une voix douce.

– Ah, non ! je t'en prie. N'essaie pas de m'amadouer. J'ai toujours détesté ça chez toi. C'est probablement l'une des raisons qui m'ont poussé à te quitter.

– Ne refais pas l'histoire pour notre relation non plus, Gérald. C'est moi qui suis partie, je ne supportais plus ton attitude.

Pendant que Mélanie détourne l'attention de l'uchroniste, Georges s'est approché discrètement et finit par bondir sur lui. Il a à peine le temps de lui saisir la main qu'une détonation retentit, et les deux hommes disparaissent.

– Non !

L'effroi passé, elle reprend ses esprits, et réalise que le plan de Georges, imaginé à Pampelune, est peut-être sur le point d'aboutir.

– Mais, bien sûr, l'équipe d'intervention est sur place dans le présent, et ils vont les cueillir, puisqu'ils ont réussi à prévoir le lieu.

Elle n'attend pas une seconde de plus et repart dans le présent.

<u>**Histoire**</u>

En 1854, le télégraphe en France n'en était qu'à ses débuts ; Charles Bourseul, alors employé de l'administration des télégraphes présente, dans un mémoire, une invention : un appareil pour converser à distance, le téléphone. Son rapport n'est pas pris au sérieux par ses supérieurs. Il lui est renvoyé, son chef hiérarchique lui recommande de se consacrer entièrement à son emploi de télégraphiste. Il n'a d'ailleurs pas les moyens matériels de réaliser son invention. Il prend toutefois la précaution de publier une communication : « Transmission électrique de la parole » dans <u>L'Illustration</u> (26 août 1854) ce qui sera en fait le principe du téléphone.

CHAPITRE 9 : CONFIDENCE

Lille, 29 août 2016 16 h 55

À peine Mélanie est-elle de retour dans le présent, qu'elle scrute aux alentours à la recherche des deux hommes.

– Georges !

Son coéquipier se relève difficilement en se tenant le haut du crâne.

– Que t'est-il arrivé ?

– Je ne sais pas trop. J'imagine qu'en sautant sur lui, mon mouvement s'est achevé en me cognant la tête dans ce poteau électrique qui n'existait pas il y a cent cinquante ans…

– … et Gérald ?

– Il a dû profiter de ma chute pour s'enfuir.

– Mais, l'équipe d'intervention aurait dû être sur place pour l'arrêter… où sont-ils ?

– Je ne sais pas Mélanie… ouch… j'ai du mal à me concentrer pour le moment.

– Les voilà !

Georges se relève d'un bond, la main sur le front.

– Que faisiez-vous ? Vous l'avez encore raté !

Le chef du bataillon s'approche d'eux, l'air étonné.

– Mais… vous venez juste de partir… comment pouvez-vous déjà être là ?

– Qu'est-ce que vous racontez ?

Au même instant, le tintement des cloches de l'église se fait entendre, indiquant qu'il est cinq heures.

– Georges ? Écoute ?

– Attends, attends, attends… nous serions revenus cinq minutes avant notre départ ?

– Je t'avoue que je n'y comprends rien, mais c'est exactement ce qu'il s'est passé.

– La voilà la raison pour laquelle nous n'arrivons jamais à le cueillir à son arrivée.

– Il a probablement découvert cette anomalie dès notre premier voyage…

– … Attends… il y a quelque chose qui cloche…

– … quoi ?

– Puisque nous sommes revenus cinq minutes avant notre départ, nous aurions dû nous croiser.

– Il y a forcément une explication… nous verrons avec le professeur. En attendant, nous devons soigner ta vilaine bosse.

Après avoir pris le temps de se changer, ils reprennent la voiture du colonel Herbert et retournent en direction de la capitale.

– Comment va ta blessure ?

– Rien de grave… mais tu avoueras que ce type a beaucoup de chance. La prochaine fois, je ne louperai pas…

– … prochaine fois ? Tu crois vraiment qu'il ne va pas se méfier maintenant ?

– Tu as probablement raison, mais je n'ai pas dit mon dernier mot.

– Je te fais confiance. Dis-moi, je pensais m'arrêter prendre quelques affaires à la maison, pour que nous puissions passer quelques jours ensemble chez toi… tu sais, au cas ou nous devrions intervenir rapidement… ton appartement est plus proche du bureau… tu vois…

–   Ne te trouve pas d'excuse Mélanie, tu sais très bien que rien ne me fait plus plaisir que de passer de longs moments de tranquillité avec toi.

Le voyage se poursuivra sans un mot, Mélanie s'étant assoupie après ces mots réconfortants.

Il est 19 heures, la décision est prise de passer par l'agence avant de rentrer chez Georges ; ils veulent obtenir des explications de la part du professeur Wells.

Une fois les nombreuses sécurités franchies, ils hâtent le pas vers le bureau de Wells, afin d'éviter de croiser Herbert.

–   Mélanie, Georges ! Quelle surprise !
–   Bonjour, professeur, nous voulions parler avec vous avant de débriefer avec le colonel.
–   Je t'écoute.

Mélanie et Georges lui expliquent en détail le déroulé de leur dernière mission et le constat des 5 minutes de décalage.

–   Auriez-vous une hypothèse sur ce phénomène, professeur ?
–   J'avoue être très surpris, mon cher Georges… c'est troublant… cela n'est pas lié au temps que vous avez passé sur place… à moins que…
–   … oui, vous avez une idée ?
–   Non… ce serait inouï…
–   Dites-nous, à quoi pensez-vous ?
–   Au multivers[29].
–   Je vois, mais quelle est votre théorie ?

---

[29] La « théorie des mondes multiples » présentée et développée dans les années 1950 par le physicien américain Hugh Everett constitue une tentative de résolution du problème de la superposition des états quantiques. Elle suppose que notre monde coexiste avec de nombreux autres univers, qui se divisent continuellement en univers divergents, différents et inaccessibles entre eux. D'après Everett, chaque monde contient une version unique de chaque personne qui vit une situation différente au même moment du temps.

- Lorsque vous voyagez dans le passé, vous restez dans le même univers, et de retour dans le présent vous changer d'univers ce qui expliquerait les 5 minutes.
- Si je vous suis, les autres agents ne pourraient pas affirmer nous avoir vus disparaître.
- C'est là où c'est troublant et magnifique à la fois. C'est comme-ci les univers étaient en relation permanente. Vous ne pouviez être dans le même monde tant que vous n'étiez pas parti, vous êtes donc revenu dans un autre univers temporairement…
- … Attendez, attendez. Vous êtes en train de nous dire que pendant 5 minutes nous n'étions pas dans notre univers, mais un univers parallèle ?
- Exactement, Georges ! Vous avez bien compris !
- Si je suis votre hypothèse, professeur, lorsque les cloches ont sonné cinq heures, nous sommes revenus dans notre univers initial ?
- C'est bien cela, Mélanie.
- Mais nous n'avons rien ressenti ou observé.
- Il n'y a pas de raison, vous n'avez pas fait de voyage dans le temps, mais dans l'espace.
- Mais qu'advient-il de nos doubles dans l'autre univers ?
- Il n'y a pas de doubles, Georges, c'est vous-même qui changez d'univers.
- C'est exactement ce que vous avez réussi à faire avec votre machine à remonter le temps.
- Peut-être…

Comme à son habitude, le colonel Herbert entre sans frapper dans le bureau de Wells, l'air toujours agacé.

- Je vous cherchais tous les deux.
- Bonjour colonel, répondent en cœur Mélanie et Georges. Justement, nous nous apprêtions à venir faire le debrief dans votre bureau…

– Oui, oui, nous verrons cela après, pour le moment, il y a plus urgent. Professeur, venez, vous aussi, nous devons préparer notre stratégie avec les experts.

Le groupe se dirige au bout du couloir, dans la salle des ordinateurs, Bellanger accueille avec un large sourire les deux voyageurs temporels.

– Heureux de vous revoir.

– Nous de même, chef…

– … allons au fait, nous verrons plus tard les mondanités, s'agace Herbert.

– Oui, bien sûr, colonel. Comme vous nous l'avez demandé, nous orientons nos recherches sur une invention ou une découverte majeure… mais la tâche est rude, si nous savions au moins dans quel pays chercher.

– Ce sera a priori en France.

– Comment pouvez-vous en être si certain, commandant Magellan ?

– Suite aux derniers événements, il sent bien que nous le pistons de très près et s'il se sent traqué, il y a peu de chance qu'il quitte le territoire.

– Ça se tient. Herbert ! Au boulot ! Trouvez-moi les trois plus pertinentes solutions, et au rapport !

Le colonel Herbert convie Mélanie, Georges et le professeur Wells dans son bureau. De nouveau, ils relatent tous les événements vécus sur Lille.

– Wells, est-ce que les éléments découverts lors de la dernière mission peuvent nous aider à anticiper une action de nos services d'intervention.

– D'après cette dernière sortie, nous savons que Gérald possède 5 minutes pour s'échapper.

– C'est à la fois peu et beaucoup.

– Il suffirait que le groupe d'intervention soit présent 5 minutes avant notre départ, précise Mélanie.

– Il en est conscient, il cherchera donc à filer ailleurs, lui répond Herbert.

– Attendez colonel, Gérald est avant tout un militaire, il connaît toutes les astuces pour s'enfuir d'un lieu sans être vu.

– C'est bien notre souci.

– Non, il suffit d'agir comme lui, demandons aux experts, avec l'appui de militaires, d'anticiper quels pourraient être les différents lieux de refuge, et vous y posterez des hommes pour le cueillir.

– Excellente idée, commandant, je vais prévenir Bellanger.

– Si vous le permettez colonel, nous ne devons pas nous contenter d'une seule tactique.

– Que proposez-vous ?

– Il faudrait que nous trouvions également un moyen de le neutraliser dans le passé.

– De quelle manière ?

– Je ne sais pas encore… professeur, serait-il envisageable de brouiller son module ?

– Ce serait bien trop risqué, vous pourriez endommager les deux modules, avec l'impossibilité de revenir dans le présent…

– … je n'y tiens pas trop… et une seringue hypodermique ?

– Malheureusement, il y a peu de chance que cela fonctionne, mon pauvre ami.

– Et pourquoi ?

– Nos expériences nous ont montré que l'eau était perturbée par le voyage. Tous les sérums en possèdent à plus de 90 %.

– Vous voulez dire que la seringue serait vide à notre arrivée ?

– Oui, Mélanie, totalement vide.

– Qu'est-ce qui nous empêche de faire comme pour nous ?

– Que veux-tu dire ?

– Mettons plus d'eau !

– Professeur, croyez-vous que cela puisse marcher ? demande Herbert.

– Les chances sont minces, mais il n'y a aucun risque à essayer.

– Alors, préparez-nous cette seringue.

La réunion est à peine arrivée à son terme que Bellanger frappe à la porte.

– Entrez !

– Nous avons fait notre sélection.

– Nous vous écoutons.

Vous nous en aviez demandé 3, mais 5 ont retenu notre attention. 1865 avec la pasteurisation par Louis Pasteur ; 1867 avec le béton armé de Joseph Monier ; 1881 : la voiture électrique de Gustave Trouvé ; 1890 : l'Éole de Clément Ader ; 1894 : le projecteur de cinéma des frères Lumière.

Personnellement, je pense que nous pouvons éliminer Pasteur, c'est trop évident, l'uchroniste va se méfier, et n'ira pas sur cette piste, trop dangereuse pour lui.

– Je vous suis, commandant. Nous pouvons également éliminer le béton armé, cela ne me paraît pas primordial.

– La voiture électrique, c'est très intéressant, cela pourrait faire s'effondrer l'économie du pétrole.

– Je suis d'accord avec vous professeur, l'aviation et le cinéma apparaissent également assez pertinents, lui répond le colonel.

– Si vous le permettez, colonel, pour le cinéma j'ai un léger doute.

– Expliquez-vous, Magellan.

– D'après ce que je sais, les frères Lumière ne seraient pas les réels inventeurs du cinéma, mais Léon Bouly en 1888.

– Bellanger, confirmez-vous les dires du commandant ?

– Parfaitement, colonel.

– Mais comment savez-vous ceci, Magellan ?

– J'habite près du musée des arts et métiers[30], où se trouve un exemplaire de son invention.

---

[30] Le musée des Arts et Métiers est un musée des sciences et des technologies, du Conservatoire national des arts et métiers, dans le 3 ᵉ arrondissement de Paris. Labellisé

– Bravo, commandant ! Vous êtes un génie !

La réaction du colonel Herbert surprend tout le monde, chacun reste abasourdi.

– Aller, aller ! Ne restez pas là plantés à ne rien faire, au boulot ! Bellanger préparez la mission suivant les indications du commandant Magellan.

– Bien colonel.

– Quant à vous deux, rentrez chez vous, reposez-vous et tenez vous prêts à intervenir.

Après une escapade par le manoir des Saintonge, ils sont de retour chez Georges, Mélanie conforte son coéquipier dans son choix de l'histoire de Bouly.

– Merci, mais tu as entendu notre très cher Herbert… du repos !

– Ah, ah ! C'est vrai qu'il m'a fait flipper. Tu crois que finalement il y aurait un cœur qui battrait dans le corps de cet homme ?

– J'émets encore quelques doutes, mais peut-être suis-je trop suspicieux. En attendant, je te propose de prendre une douche pendant que je vais nous chercher de quoi faire un bon repas.

– Excellente idée.

Après une demi-heure, Georges revient avec deux sacs remplis de victuailles. À peine ferme-t-il la porte derrière lui, qu'il découvre Mélanie dans une robe moulante qui met ses formes en valeur.

– Je comprends pourquoi tu fais craquer tant d'hommes.

– Vil flatteur, et toi, tu ne m'avais pas dit que tes talents de cuisinier ne s'arrêtaient pas au petit-déjeuner.

– Je suis un vieux célibataire, ma belle.

« Musée de France » en 2002, c'est un musée de l'État placé sous la tutelle du ministère de l'Enseignement supérieur et de la Recherche.

- Voilà pourquoi tu fais craquer tant de femmes, tu es beau gosse et tu prépares le repas.
- C'est ça, moque-toi de moi. En attendant, sers-nous un petit quelque chose à boire.
- Jus de fruits, j'imagine.
- Bien entendu, mais j'ai fait une entorse à la règle, tu trouveras quelques amuse-bouche dans ce sac.

Georges prépare à sa dulcinée, sa spécialité, les spaghettis carbonara, sans crème fraîche.

- C'est un délice, mon amour. Encore une chose qui nous distingue.
- Tu ne sais pas cuisiner ?
- Je te rappelle que nous avons une cuisinière à domicile dans notre maison de famille.
- J'avais oublié que madame est de la haute…
- … ne te moque pas, j'aurais tant aimé préparer de petits plats avec ma mère.
- Je t'apprendrais.
- Tu envisages donc un avenir sur le long terme pour nous deux ?
- Pas toi ?
- Bien sûr que si, je suis très heureuse que cela soit réciproque.
- J'ai sais que tu tiens à moi, j'ai vu dans ton regard l'inquiétude de me voir blessé et à terre.
- Ah, non. À ce moment-là ce n'était que professionnel, je me voyais déjà remplir tout un dossier pour expliquer comment tu t'étais fait agresser par un poteau électrique.
- On va mettre les choses au clair, la cuisine et l'humour sont mes chasses gardées. Je veux bien t'apprendre, mais je vois qu'il y a encore pas mal de boulot.
- À mon tour de t'apprendre des choses, je t'attends dans la chambre dans cinq minutes…

Après une fin de soirée torride et une nuit bien méritée, Mélanie rejoint Georges dans la cuisine, un copieux petit-déjeuner l'attend.

– Bien dormi ?

– Oui, pas mal.

– Oh la, tu m'as l'air soucieuse. Aurais-je été un mauvais élève hier soir ?

– Que tu es bête. Non, je repensais à la piste que nous avons privilégiée. Si nous faisions fausse route, la voiture électrique et l'avion, ce n'est pas mal non plus.

– Nous ne pouvons pas nous permettre de nous disperser, nous devions faire un choix, et celui-ci semble le plus probable.

– Et pourquoi ne resterait-il pas un peu plus de temps dans le passé pour créer une invention avant son réel découvreur ?

– C'est un peu tiré par les cheveux.

– Il a les compétences pour le faire.

– Tu oublies une petite chose, Mélanie.

– Quoi donc ?

– S'il ramène dans le passé une invention du futur, elle provient d'où du futur ou du passé ?

– Tu as raison, nous tomberions dans un paradoxe du temps.

– Ne serait-ce pas ce qui s'est passé en 1792, il a tenté et s'est aperçu que c'était impossible ?

– Et voilà probablement pourquoi il aurait préféré aider à la mise en place du brevet.

– Ça se tient, non ?

– Puisque notre probable prochaine mission se fera sur le cinématographe, pourquoi ne pas en profiter pour aller visiter le musée des Arts et Métiers. Nous pourrions en apprendre un peu plus sur ce Léon Bouly.

– Excellente idée.

Le musée se situant à quelques pas de l'appartement de Georges, ils s'y rendent à pied. L'entrée se fait par le square du général Morin. Le musée est installé dans les bâtiments de l'ancien Prieuré royal Saint-Martin-des-Champs. Tout a été réaménagé pour accueillir les différentes inventions, même l'ancienne église prieurale qui domine les lieux.

Le début de la visite se fait par le bâtiment de droite, avec une première exposition sur les transports qui va de la Fardier à vapeur[31] de la fin du XVIIIe siècle à la fusée Ariane. Ils prennent alors sur la gauche et pénètrent dans l'ancienne église, au milieu de laquelle trône le fameux pendule de Foucault[32]. Ils poursuivent leur visite en passant le magnifique escalier de marbre qui les mène au premier étage vers l'exposition « Communication » et le tant recherché cinématographe de Léon Bouly.

– Voici la machine.

– Tu te rends compte que c'est parce qu'il n'avait pas payé les redevances de ses brevets, qu'en 1894 le mot cinématographe devient disponible et les frères Lumière en profitent pour déposer leur propre brevet sous cette appellation le 13 février 1895.

– Pauvre type. Cela va être d'autant plus aisé pour l'uchroniste de le convaincre de payer, quitte à le soutenir.

– Je suis de plus en plus convaincue que ton hypothèse est la bonne, Georges.

---

[31] En 1769, l'ingénieur militaire Nicolas Cugnot construit le premier véhicule capable de s'affranchir de la traction animale. Une chaudière à vapeur alimente alternativement deux cylindres installés de part et d'autre d'une unique roue motrice.

[32] Le pendule de Foucault, du nom du physicien français Léon Foucault, est un dispositif expérimental conçu pour mettre en évidence la rotation de la Terre par rapport à un référentiel galiléen.

Plusieurs semaines se sont écoulées, sans nouvelles de l'uchroniste. Les deux coéquipiers sont persuadés qu'il se prépare au mieux pour la réussite de sa mission. Mais contre toute attente, le portable de Mélanie retentit.

– C'est quoi ?

– Un message du bureau. Regarde, Gérald a bougé.

– Je vois… on nous demande de descendre… c'est qui ce H ?

– Herbert.

– Il est avare de signes celui-ci.

CHAPITRE 10 : MONSIEUR CINÉMA

Ils descendent précipitamment les trois étages qui mènent au bas de l'immeuble de Georges. Le colonel Herbert les attend en personne.

- Je viens de recevoir un message des experts, l'uchroniste est reparti en 1890, le 16 septembre.
- Qu'est-ce qui lui prend ?
- Ce type nous a habitués à ne rien faire au hasard, et visiblement nous ne l'avons pas assez bien cerné.
- Pas complètement, commandant.
- Mais la date ne coïncide pas.
- Certes, mais les experts ont trouvé la correspondance, il s'agit de la disparition étrange de Le Prince, autre précurseur du cinéma.
- Oui, j'ai entendu parler de cette histoire. Et j'imagine que son but est que ce Le Prince reste en vie ?
- Exactement, mademoiselle Saintonge.
- Ne perdons pas de temps, montez à bord, nous devons prendre un train à Sens en 1890…
- … pourquoi Sens et c'est qui ce type qui doit rester en vie ? demande Georges.
- Je vous expliquerais sur le chemin.

Le colonel Herbert indique à son équipe que Le Prince est censé disparaître mystérieusement sur le trajet Dijon-Paris, alors qu'il est sur le point de devenir l'inventeur officiel du cinéma, et ils ont détecté que l'uchroniste avait probablement pris ce train à Sens.

Avec le puissant véhicule allemand, ils mettront à peine une heure pour arriver à leur destination. Mélanie et Georges sont tout juste sortis de la voiture, qu'ils boivent leur ration d'eau et disparaissent dans une détonation importante.

Sens, 16 septembre 1890 14 h 20

Ils aperçoivent le train qui arrive en gare, et se précipitent en tête du convoi avant que ce dernier ne reprenne son voyage vers Paris. Durant le trajet de Paris, les experts avaient téléchargé la photographie de Louis Aimé Auguste Le Prince sur le module temporel de Mélanie.

— Allons-y, retrouvons notre victime.

La traversée des différents wagons est un défilé de tenues et surtout de couvre-chefs plus exubérants les uns que les autres, chacun cherchant à se parer de ses plus habits pour conquérir la capitale. Ça et là, une mère porte le dernier sur les genoux alors que le père de famille empêche les autres enfants de s'éparpiller dans les allées centrales.

Alors qu'ils approchent de l'arrière du train, ils aperçoivent une silhouette familière qui suit un homme dont le visage correspond à Le Prince, ce dernier, une petite valise à la main n'a pas encore remarqué le quidam dans son dos.

— C'est Gérald. Nous devons l'arrêter.

— Oui, mais attendons qu'il est atteint le fond du convoi, il y a trop de monde pour le moment.

Dès qu'ils sont seuls, l'uchroniste interpelle l'homme à la valise.

– Monsieur Le Prince ! Ne faites pas ça !

Il se retourne et aperçoit un individu qui pointe une arme vers lui. Mélanie et Georges observent la scène, subjugués.

– Vous ne vous suiciderez pas aujourd'hui, nous avons de belles choses à voir ensemble.

Voilà l'explication, se disent les alithochronistes, Gérald est persuadé que la disparition de Le Prince est dû à un suicide.

– Ne bougez plus, Louis, ou je vais être contraint de vous tirer une balle dans la jambe pour vous arrêter.

Les menaces de Gérald ne font qu'attiser sa peur. Georges est sur le point d'intervenir, mais Mélanie le retient par le bras.

– Que fais-tu ?

– Tu sais très bien qu'il doit disparaître, c'est le cours de l'histoire, Georges.

– Je le sais, c'est pour cela que je dois empêcher Gérald d'intervenir.

Au même instant, Le Prince pris de panique hurle.

– Je ne veux pas me suicider ! Laissez-moi tranquille !

Puis par un dernier pas, à reculons, trébuche sur la petite marche qui permet de franchir la porte arrière du wagon… la porte n'est malheureusement pas fermée à double tour… Le Prince tombe de tout son long sur la voie ferrée… rebondit sur plusieurs mètres, puis bascule du pont que le convoi traversait à ce moment… une chute vertigineuse l'envoi au fond de l'Yonne qui engloutira son corps pour toujours.

Mélanie et Georges sont atterrés par ce qu'il vient de se passer. Tout comme pour Hannibal ou Constantinople, Gérald est à l'origine du détail de l'histoire.

– Il ne peut plus nous échapper. Impossible pour lui d'activer son module, tant que nous serons dans ce train.

A peine Goerges termine-t-il sa phrase que l'uchroniste tire sur le signal d'alarme. Le train freine brusquement faisant chuter quelques bagages. Gérald en profite pour sortir par l'arrière du train, une déflagration les ramène à la réalité… l'uchroniste est parti.

– Non, non ! Georges est fou de rage.

À leur tour, ils repartent dans le présent conscient que la disparition de Le Prince restera à jamais mystérieuse.

Paris, 16 septembre 2016 15 h 20

Gérald avait tout prévu, le retour en 2016 se fait dans la gare de Montereau-Fault-Yonne.

– Ce type va me rendre fou.

– Nous ne devons pas le sous-estimé, il est très intelligent.

Mélanie et Georges sont tellement perturbés par cette dernière mission qu'ils ne remarquent pas les regards sur leur passage.

– Nous devrions rejoindre le bureau du SVT.

– Comment ?

– Bonne question, en tout cas le plus vite possible.

– Tu as raison, Gérald ne devrait pas tarder à intervenir… mais qu'est-ce qu'ils ont tous à nous regarder comme ça ?

– Nos tenues probablement.

Ils ne peuvent retenir un éclat de rire qui leur fait le plus grand bien après le stress accumulé.

Quelques minutes plus tard, un appel d'Herbert vient mettre fin à ce court intermède.

– Colonel ?

– Il est reparti.

– Comment ? Déjà !

– Et dites à Magellan qu'il avait raison. Notre homme est parti en 1892 pour Bouly. Un agent vous attend dans 5 minutes à la sortie principale de la gare de Montereau.

– Mais comment avez-vous fait aussi vite ?

– Nous avions anticiper qu'il se serait arrêter à une gare.

– Bien jouer, colonel.

Comme à son habitude, Herbert raccroche sans saluer. À ladite sortie, un agent les attend avec un van noir aux vitres teintées.

– Vous auriez pu prendre un véhicule plus discret.

– Je vous demande pardon, commandant ?

– Non, laissez tomber, c'était de l'humour.

– Tu vois, ça ne marche pas avec tout le monde, se moque Mélanie.

Le jeune militaire ouvre le coffre et présente le matériel, notamment un porte-fusil préparer par le professeur Wells. À l'intérieur se trouve une bouteille avec un liquide translucide, une seringue hypodermique et un fusil de précision.

– J'imagine qu'il s'agit du sérum pour neutraliser notre homme ?

– Je ne sais pas commandant, Wells m'a simplement demandé de vous expliquer qu'il devrait en rester suffisamment à l'arrivée.

– Espérons qu'il ait raison.

– Ne perdons pas de temps, conduisez-nous sur le lieu de départ.

– Bien, commandant.

Après 45 minutes de trajet, l'agent les dépose devant un immeuble datant du XIXe siècle qui abritait à l'époque le secrétariat du directoire des brevets d'invention de Paris. Herbert est présent avec quelques hommes, prêts à appréhender l'uchroniste.

– Vous allez pouvoir partir, cela fait plusieurs minutes que nous sommes sur place… j'ai quand même beaucoup de mal à comprendre la théorie de Wells sur ce coup-là.

– Celle des multivers ?

– Oui. Il semblerait que votre retour ne se fasse pas dans le même univers que celui-ci ?

– Exactement, et dès notre retour, vous serez vous et vos hommes transportés dans cet autre univers.

– C'est toujours aussi flou, mais j'espère qu'il a raison.

Mélanie appuie sur le module, et ils disparaissent tous les deux dans une forte détonation. Le voyage les fascine toujours autant, avec ces longs tunnels de lumières plus majestueux les uns que les autres.

À peine le genou posé à terre, Georges s'empresse de vérifier l'état de la fiole de sérum.

- Elle est presque vide, je vais avoir juste de quoi remplir la seringue.
- Ça va être compliqué, tu ne possèdes qu'une seule chance pour le neutraliser.
- J'ai demandé à Herbert de nous fournir des oreillettes connectées. Tiens, prend la tienne.
- Pour quelle raison ?
- Nous allons nous séparer.
- Tu n'y penses pas !
- Rassure-toi, je vais juste me mettre à l'affût à quelques mètres d'ici, pendant que tu l'attendras devant l'entrée.
- Tu veux que je serve d'appât, en quelque sorte.
- Oui, mais quel appât !
- Idiot…

L'attente sera interminable, Gérald a dû d'abord convaincre Bouly, puis l'amener jusqu'ici.

- Tu ne trouves pas cela un peu long, chuchote Mélanie à l'oreillette.
- Ça commence effectivement à m'inquiéter. Il est toujours en 1892 ?
- Oui…
- … attends, voilà du monde.

Un jeune homme s'approche en costume gris, chemise blanche et large cravate. Sa barbichette taillée en pointe et ses cheveux plaqués sur le crâne lui donnent un air sérieux de premier de la classe, le stéréotype même de l'employé de l'administration, se dit Georges.

- C'est Léon Bouly. Ce doit être son brevet qu'il tient fermement.
- Cache-toi, Mélanie. Gérald approche. Il a une sacoche à la main… essayons de voir ce qu'elle renferme avant d'agir.

Bouly semble attendre l'uchroniste, il est vraisemblable qu'il soit arrivé en même temps, mais il a probablement préféré patienter quelques secondes pour s'assurer que personne ne viendrait à la rencontre de l'inventeur. Les deux hommes entament une discussion, alors que l'uchroniste ouvre sa sacoche et en sort de l'argent. Il lui rappelle la raison de leur venue ici et de l'importance de sa découverte.

- Mélanie ? Tu m'entends ?
- Oui, que faisons-nous ?
- Je vais tirer ma seringue, et dès qu'il sera à terre, tu en profiteras pour t'emparer de la sacoche et de l'argent.
- Non…
- … pourquoi, non ?
- Laisse-le lui donner l'argent, il se méfiera moins, et une fois qu'il s'éloignera, tu lui tiras dessus et je reprendrai la mallette des mains de Bouly.
- Tu as raison.

Après quelques secondes, le stratagème semble fonctionner, la transaction a été réalisée et Gérald s'éloigne ; Georges le met en joue ; tire, mais la flèche ne fait qu'effleurer la cible, le fusil a probablement été déréglé durant le voyage ; l'uchroniste surpris, s'enfuit en courant.

- Mélanie, récupère l'argent et rejoins-moi !

Léon Bouly n'a pas le temps de réagir, elle lui arrache la sacoche des mains et courent vers Georges.

- Je l'ai raté, Mélanie, je l'ai raté !
- Calme-toi, tu n'y es pour rien, le fusil doit être défectueux. Maintenant, retournons chez nous.

Paris 16e arrondissement, 7 septembre 2016 15 h 40

- Vous l'avez eu ?
- Non, il n'est pas apparu ici, lui répond le commandant en charge de l'unité spéciale.
- Et les autres lieux de refuge que nous avions répertorié ?

–   Pour le moment, rien non plus.

–   Ce n'est pas possible !

–   Il faut croire qu'il est plus malin que nous ne l'imaginions.

–   Je ne suis pas de votre avis, commandant… je soupçonne qu'il ait un complice, lui répond Georges.

–   Je pense que vous devriez en informer le colonel.

–   Je vais le faire. Et pour le fusil, savez-vous ce qu'il s'est passé ?

–   Non… peut-être l'eau présente dans la graisse, en disparaissant en partie, elle a compromis le réglage de la visée.

–   Je pense que vous avez vu juste… Il a vraiment beaucoup trop de chance notre uchroniste. Mais il va finir par commettre une erreur.

–   Je ne suis pas aussi optimiste que toi, Georges.

Histoire

Le 11 janvier 1888, le français Louis Aimée Augustin Le Prince construit et dépose le brevet d'une caméra. Les essais sur le pont de Leeds et dans sa propriété de Roudhay en Angleterre en octobre 1888 avaient été concluants. Il s'agit des plus anciens films existants. Ce qui fait théoriquement de Le Prince l'inventeur du cinéma. Cependant, le 16 septembre 1890, après avoir amélioré sa caméra, l'inventeur disparaît mystérieusement dans le train express Dijon-Paris. Selon la loi américaine, ses brevets sont alors suspendus pendant sept ans. Entre-temps l'histoire du cinéma se fit sans Augustin Le Prince.

Le 12 février 1892, le français Léon Bouly (1872-1932) créa et déposa le brevet (n° 219 350), d'un appareil « réversible de photographie et d'optique pour l'analyse et la synthèse des mouvements, dit le Cynématographe Léon Bouly ».

Le 27 décembre 1893, il apporta une modification sur le nom de son appareil qu'il nomma « Cinématographe », ce nom vient du grec kinêma (mouvement) et gràphein (écrire).

Tout comme pour les frères Lumières, cet appareil était capable de faire la prise de vue, mais également la projection en utilisant une pellicule sensible sans perforation et un avancement saccadé du film s'enroulant autour d'un cylindre, synchronisé avec l'obturateur et permettant un flash de lumière très rapide à travers chaque image figée. Tout ceci 3 ans avant les frères Lumières, mais voilà, en 1894, ce pauvre Bouly n'avait que peu d'argent, et comme il ne paya pas les redevances de ses brevets, le nom de « Cinématographe » devint disponible, il ne fut pas retenu par l'histoire comme l'inventeur du cinéma...

CHAPITRE 11 : REGRETS

Cela fait près d'une demi-heure que Mélanie et Georges sont silencieux, encore sous le choc de la disparition tragique de Le Prince. La mission suivante étant intervenue dans la foulée, ils n'avaient pas encore eu un instant pour réaliser qu'ils avaient laissé mourir un homme sciemment… pour l'Histoire…

–   Je n'arrive pas à me faire à l'idée que nous n'avons pas agi.

–   Nous n'y sommes pour rien, Mélanie. Je crois que la théorie de Wells est la bonne, nous ne pouvons pas changer le passé.

–   J'espère qu'il a raison.

Le jeune commandant s'approche d'eux et leur propose de les raccompagner.

–   Oui, avec plaisir.

En moins de quinze minutes, ils se retrouvent en bas de l'immeuble de Georges.

–   Allons prendre une douche bien méritée, nous y verrons plus clair ensuite.

Pendant que Mélanie se détend sous une eau tiède et apaisante, Georges prépare un apéritif salvateur. Alors qu'il termine de se verser un grand verre de soda, sa coéquipière fait son apparition, très légèrement vêtue.

—   Tu sais vraiment comment me remonter le moral.

—   J'en aurais besoin moi aussi… je n'arrive toujours pas à me faire à l'idée que nous avons laissé faire…

—   … Mélanie, tu sais aussi bien que moi les conséquences que cela aurait pu provoquer dans le présent, si la théorie de Gérald était la bonne.

—   Justement, non.

—   Comment ça, non ?

—   Bien entendu, il y aurait pu y avoir des conséquences, mais lesquelles ? et justifient-elles la disparition d'un homme ?

—   Conclusion, nous ne pouvions rien maîtriser.

—   C'est possible.

—   Est-ce que tu aimerais changer quelque chose du passé ?

—   Que veux-tu dire ?

—   Tu dois bien avoir un truc que tu regrettes d'avoir fait et que tu aimerais corriger.

—   Être tombée amoureuse de ce type…

—   … je vois, je vois. Ne te fâche pas, je n'y suis pour rien.

—   Oui, excuse-moi, mais il me met à cran.

—   Quelles conséquences cela aurait-il pu avoir sur notre présent ?

—   Ça ne l'aurait pas empêché de voler le module.

—   Pense plutôt à un détail qui n'aurait pas eu lieu.

—   … hmm… je ne vois pas… attends ! Oui, bien sûr !

—   Je t'écoute.

—   Quelques jours auparavant, je l'avais quitté, probablement un moment de lucidité.

Georges lui sourit

—   Le jour du vol, il m'avait dit me préparer une surprise pour le soir, afin de tenter de se faire pardonner de son comportement.

—   Quelle surprise ?

—   Un restaurant branché, dans lequel les réservations se font des mois à l'avance. Il m'a dit qu'il avait découvert un moyen d'avoir une table, mais que pour cela il devait trouver un prétexte pour justifier son retard à un débriefing avec toute l'équipe.

– J'imagine qu'il t'a demandée de mentir pour lui.

– Oui, mais je n'ai pas souhaité le faire. J'ai préféré être honnête avec Herbert et je lui ai dit la vérité. Après tout, il ne s'agissait que de quelques minutes de retard.

– Herbert a réagi comment ?

– Plutôt bien.

– Étonnant.

– Oui, d'autant qu'à peine la réunion commencée, nous avons eu l'alerte que le module avait disparu… avec Gérald.

– Et s'il ne l'avait pas fait, nous ne nous serions pas rencontrés.

– C'est vrai. À ton tour, maintenant.

– Le 11 mars 1991

– Que représente cette date ?

– Le jour du suicide de mon père.

– Tu ne m'avais jamais dit qu'il s'était donné la mort.

– C'est l'alcool qui l'a emporté dans cette spirale infernale… j'aurais tant voulu être présent ce jour-là et l'empêcher de…

Quelques larmes coulent sur les joues de Georges, Mélanie s'approche et l'enlace.

– Tu sais aussi bien que moi, que si ça n'avait pas été ce jour-là, cela aurait été un autre.

– J'en suis conscient, et nos missions ne font que me conforter dans cette idée, nous ne pouvons rien changer, tout est écrit…

– Je dirais plus que tout s'écrit.

– Je ne vois pas trop la subtilité.

– Les tentatives de Gérald pour changer le cours de l'histoire ont abouti dans plusieurs cas à l'écrire telle que nous l'avons apprise.

– En gros, nous ne pouvons pas changer le passé, nous ne pouvons que le confirmer.

– Cela attesterait la théorie du paradoxe.

– Ou alors l'uchroniste n'a pas eu beaucoup de chance pour le moment.

– C'est une possibilité. C'est ce pourquoi nous devons tout faire pour le stopper.

Paris 3ᵉʳ arrondissement, 22 septembre 2016 11 h

Deux semaines se sont écoulées, et aucune nouvelle, aucun mouvement détecté de la part de Gérald. L'hypothèse d'une défaillance du module circule dans les couloirs du SVT. Georges ne croit pas trop à cette théorie, il est persuadé que l'uchroniste prépare un nouveau coup. Soudain, l'interphone de son appartement retentit.

– Oui ?

– …

– Montez, je vous en prie.

L'invité arrive à la porte d'entrée, Georges le fait pénétrer alors que Mélanie le rejoint.

– Professeur ?

– Bonjour Mélanie.

– Mais… mais que faites-vous ici ?

– Il fallait que je vous parle à tous les deux.

– Je vous en prie, asseyez-vous. Nous vous écoutons.

– Depuis la mission avec Le Prince, je ne dors presque plus.

– Nous comprenons, professeur, avec Mélanie nous avons eu de longues discussions sur le sujet. Mais nous en revenons toujours à la même conclusion… nous n'y pouvons rien.

– Oui, je le sais, mais c'est moi qui est insisté auprès du colonel Herbert pour laisser Le Prince mourir.

– Pourquoi, il n'était pas de cet avis ?

– Il trouvait immoral d'avoir comme mission de renoncer à sauver un homme.

– C'est une réaction assez étonnante de sa part.

– C'est bien ce qui me trouble depuis des jours.

– Qu'Herbert ait eu cette réflexion ?

– Non… que moi je ne l'ai pas eu…

Mélanie s'approche de Wells et lui prend les mains.

– Je vous assure que vous aviez pris la bonne décision compte tenu des conséquences que cela aurait pu engendrer si la théorie de Gérald se tient.

– J'en suis conscient, ma petite, mais je ne peux me résigner à devoir vivre ce genre de situation une nouvelle fois… et elle m'avait prévenu…

– De qui parlez-vous ?

– Euh… non… excusez-moi, je pensais à autre chose. Vous devez absolument détruire le module, une fois subtilisé à Gérald…

– Nous le ferons.

– Tout est de ma faute…

– … non, je ne peux pas vous laisser dire cela.

– C'est gentil de vouloir me dédouaner, Mélanie. Mais les faits sont là implacables… Je suis à l'origine du recrutement de Gérald. J'ai été impressionné par ses connaissances scientifiques et historiques, je me suis laissé aveugler…

– Je pensais que le recrutement était fait par Herbert pour les militaires.

– Vous avez raison, Georges, il avait fait un premier écrémage. Mais c'est à moi qu'est revenu le choix sur les cinq derniers candidats. Et Gérald sortait du lot, il était bien supérieur aux autres.

– Vous n'aviez donc pas réellement le choix.

– Effectivement… j'ai d'ailleurs trouvé assez curieuse cette différence de compétences.

– J'ai l'impression qu'une fois de plus le colonel voulait tout maîtriser.

– Oui, et c'est le cas depuis le début du projet. Dès que mes recherches ont été sur le point d'aboutir, ils ont nommé Herbert à la tête de cette nouvelle entité et il a commencé à tout verrouiller… je suis tombé dans un engrenage… je me sens totalement dépossédé de ma terrible invention…

– Nous vous l'avons promis, professeur, nous la détruirons.

– Je vais devoir également faire disparaître l'ensemble des archives avant qu'Herbert ne s'en empare et décide de reproduire le module.

– Soyez prudent, professeur.

– Je vous renvoie le conseil, les amis. Je sais que vous allez tenter par tous les moyens de le capturer… n'oubliez pas qu'il est prêt à tout…

Au même instant, Mélanie se saisit la tête avec la main, elle est prise de nausée.

– Tu as l'air épuisée, ma petite. Je ne vais pas vous déranger plus longtemps, d'autant qu'une absence prolongée pourrait rendre hystérique le colonel Herbert.

– Je vous raccompagne, professeur.

– Merci, Georges. Repose-toi, Mélanie.

Arrivé sur le perron, Wells demande à Magellan de prendre soin de sa compagne, il tient beaucoup à elle et il ne voudrait pas qu'il lui advienne quoi que ce soit. Après l'avoir rassuré, Georges retourne auprès de Mélanie.

– Que t'a-t-il dit en partant ?

– De veiller sur toi, il est inquiet… je le suis aussi.

– Il ne faut pas, ce ne sont que quelques nausées. Les voyages temporels ont probablement un peu déréglé mon estomac… rien de grave.

– Il est vraiment tant que tout ceci s'arrête au plus vite… nous ne connaissons pas les conséquences sur le long terme.

CHAPITRE 12 : LE PETIT MONSTRE

Passau – Allemagne, hiver 1893

La température extérieure est très froide, la rivière Inn est revêtue d'une fine couche de glace. Gérald est présent et observe depuis trente secondes le passage des quelques badauds qui ont bravé la fraîcheur. Rapidement, il voit arriver une mère et son fils, ceux-là mêmes pour qui il a fait ce long voyage de plus de cent ans. Klara tient son jeune garçon de quatre ans par la main, ses traits tirés lui font paraître bien plus que ses trente-trois printemps. Ils ont décidé d'aller faire cette promenade, probablement à la suite d'un nouvel emportement de ce père, fonctionnaire des douanes et alcoolique notoire.

Gérald se dit qu'il va devoir agir vite avant que Mélanie et son abruti de coéquipier ne viennent encore l'empêcher d'intervenir. Le moment est venu, Karla croise une amie et entame une discussion, alors que le jeune garçon s'approche dangereusement du bord de l'eau. Un objet semble attirer son attention sur la glace, probablement un caillou dont la forme lui plaît. Il pose un premier pied sur la rivière durcie par le froid, puis un deuxième. Alors qu'il a franchi plus de deux mètres, des craquements se font entendre… le petit garçon n'y prête pas attention, sa mère en pleine conversation ne se rend pas compte du danger imminent… un pas de plus… le sol se dérobe sous ses pieds… il s'enfonce inexorablement dans l'eau glaciale… ses muscles gèlent instantanément.

Gérald observe sans agir, il n'a qu'un souhait que ce petit bonhomme meurt… il hésite… non, il ne doit pas intervenir, ce monstre doit mourir…

Le jeune Johann, à peine plus âgé que la victime se rend compte du drame, une force intérieure le convainc qu'il doit agir, il a déjà en lui le sentiment qu'il faut aider son prochain. Il prend son courage à deux mains et se précipite vers la rivière.

Georges et Mélanie sont à leur tour arrivés sur place, mais les indications n'étant pas très précises, se sont retrouvés à plus d'un kilomètre du lieu de l'action. Alors que Gérald se précipite vers le petit Johann, tout prêt à attraper la main de la pauvre victime, Mélanie hurle pour attirer l'attention de l'uchroniste.

– Non ! Ne fais pas ça !

Alors qu'il se retourne, il n'aperçoit pas Georges que vient de se mettre entre lui les deux enfants.

– Tout est fini, Gérald. Tu dois cesser.
– Tu veux vraiment que ce monstre soit sauvé ?
– De quoi parles-tu ?
– Tu n'as pas compris ce que nous faisons ici ?

Georges et Mélanie aperçoivent à ce moment-là un petit garçon qui se débat tant bien que mal dans l'eau glaciale, alors qu'un autre enfant tente de le sortir de là. Magellan se précipite vers la rivière pour leur venir en aide.

– À ta place, je ne ferais pas ça !
– Ne l'écoute pas Georges, sauve-le !

– Le petit qui se noie se nomme Adolf…

Georges s'arrête net.

– Tu veux dire le « Adolf ».

– Oui, ce gamin n'est autre que cet ignoble dictateur.

– Mais, ce n'est qu'un enfant !

– Imagine ce qui adviendrait s'il meurt. Plus de Seconde Guerre Mondiale, plus de massacres…

– … tu es une ordure !

Georges retourne vers la rivière, le jeune Johan a réussi à sortir le petit Adolf. Le commandant ôte son manteau à fourrure et tente de réchauffer l'enfant. Sa mère comprend l'accident qui vient d'avoir lieu dans son dos et accoure en hurlant de peur. Puis un attroupant de nombreux badauds attire l'attention de policiers à cheval. Rapidement ils prennent la situation en main et décident de transporter le jeune garçon au galop vers l'hôpital le plus proche.

Gérald a profité de la cohue pour s'échapper à nouveau.

– Ce n'est pas possible ! Il a encore trouvé le moyen de s'enfuir.

– Ne désespère pas, il a peut-être été cueilli par nos agents en 2016.

– Je ne suis pas certain qu'ils y soient parvenus.

– Tu devrais te réjouir tu as permis de sauver un jeune garçon, aujourd'hui.

– Était-ce réellement une bonne idée ?

– Oui, pour deux raisons : la question ne se poserait pas si cette enfant ne s'était appelé Hitler ; et nous ne pouvons pas changer le cours de l'Histoire, c'est en tout cas notre mission première.

– J'en suis conscient, Mélanie. Mais cette question, tout comme moi tu as du te la poser mille fois : « Si je pouvais revenir en arrière, est-ce que je tuerais ce monstre ? », et cinq cents fois tu t'es probablement entendu dire : « Oui. », et cinq cents fois : « Non ».

– C'est vrai, mais maintenant, nous avons la réponse.

– Retournons chez nous, Mélanie.

A peine le temps de se remettre du voyage temporel, Georges se précipite vers les militaires du SVT.

– Alors, où est l'uchroniste ?

– Nous sommes désolés, commandant.

– Comme ça désolés ?

– Nous étions sur le point de l'attraper, mais une voiture de sport l'attendait sur le parking près de la rivière. Nous avons tenté de le suivre, mais il a réussi à nous semer facilement.

– Mais comment n'avez-vous pas repéré ce bolide sur ce parking ?

– Venez voir par vous-mêmes.

En s'approchant de l'entrée du dit-lieu, Georges et Mélanie restent stupéfaits… le parking est celui d'un concessionnaire automobile Porsche…

– Ce type va nous rendre fous.

Histoire

Dans un article du DONAU ZEITUNG DANUBE de 1894, un fait divers relate qu'un jeune garçon tombé dans les eaux glacées de la rivière Inn a été sauvé par un certain Johann Kuehberger. L'article en question ne donne pas exactement le nom de l'enfant sauvé, mais les historiens s'accordent pour dire qu'il s'agissait d'Adolf Hitler. Avant 1877, Aloïs, le père du jeune Adolf avait pour nom de famille Schicklgruber, il réussit à le faire changer pour valider sa filiation avec son oncle, Johann Georg Hiedler, mort vingt ans plus tôt. C'est ainsi qu'Adolf Hitler alors âgé de quatre ans se trouve avec sa mère Klara Hitler, née Pölzl, au bord de la rivière Inn. Johann a vu le garçon et, risquant sa propre vie, a sauté dans la rivière. Même s'il n'était pas un nageur hors pair, il a été capable de supporter le froid, et à travers la force de sa volonté, il a pu sortir le garçon de la rivière. Hospitalisés et traités pour hypothermie, les deux garçons s'en sont complètement remis. Ça faisait chaud au cœur. Johann était un héros. Le petit Johann a consacré toute sa jeunesse à aider les autres et quelques années plus tard a fini par devenir prêtre. Johann ne le savait pas qu'en 1894, il avait commis l'une des plus grosses erreurs de l'histoire du monde.

CHAPITRE 13 : QUESTIONNEMENT

Strasbourg, 16 octobre 2016 10 h 30

Après avoir passé la nuit dans un petit hôtel typique de Munich, ils arrivent sur Strasbourg. Le sujet d'Hitler n'a plus été abordé depuis la veille au soir, pourtant il hante leurs pensées…

— J'ai eu beaucoup de mal à dormir cette nuit, Georges.

— Je sais. Je crois que nous n'avons pas encore totalement pris conscience que notre choix était le bon à Passau.

La sonnerie du téléphone de Mélanie vient interrompre ce début de discussion, à leur grand soulagement.

— Bonjour, colonel.

— Bonjour, à tous les deux.

— Avons-nous des nouvelles de Gérald ?

— Nous avons perdu sa trace, mais il semblait revenir vers la France.

— Que faisons-nous ?

— Je vous propose de rester sur Strasbourg en attendant qu'il se manifeste.

– Très bien.

– Je vous ai réservé un hôtel dans le centre de la ville.

– Merci colonel.

– Et bien entendu, je n'ai pris qu'une seule chambre. Bonne journée.

Mélanie raccroche en regardant avec des yeux ébahis son coéquipier.

– Je rêve ou il a essayé d'être sympa ?

– Je dirais plutôt que cela lui coute moins cher que de prendre deux chambres.

– Effectivement, ta théorie tient plus la route.

Quelques minutes plus tard, ils arrivent devant l'hôtel Suisse de Strasbourg. La devanture en bois sculpté est typique de l'architecture alsacienne.

– Finalement, il ne sait pas foutu de nous avec ce petit hôtel 3 étoiles.

Georges prend les valises et ils se dirigent vers l'accueil.

– Monsieur Magellan.

– Vous aviez une réservation ?

– Oui.

– … laissez-moi voir cela… non, je ne vois rien.

– Peut-être au nom de Saintonge ?

– Ah, oui. Saintonge, une chambre double. Veuillez me suivre.

– Il ne me calcule toujours pas notre ami Herbert, murmure Georges à l'oreille de Mélanie.

A peine franchissent-ils le seuil de leur chambre que Mélanie est prise de nouvelles nausées.

– Encore ? En as-tu parlé à Wells ?

– Ce n'est rien, Georges. Ne t'inquiète pas.

– Bien sûr que si, je m'inquiète.

– D'accord, si ça peut te rassurer, je prends une douche et je l'appelle.

– A la bonne heure.

A peine Mélanie fait-elle son apparition dans le salon, que Georges la relance sur ses nausées.

    – Je viens de laisser un message au professeur. Il me rappellera dès qu'il en prendra connaissance. Mais je vais déjà beaucoup mieux.

    – Je serais rassuré une fois que tu lui auras parlé.

    – Écoute, en attendant, je te propose que nous profitions de ce séjour forcé à Strasbourg pour aller visiter sa cathédrale.

    – Je suis d'accord, mais c'est bien parce qu'elle n'ai qu'à 50 mètre de l'hôtel.

    – Alors ne perdons pas de temps avant que tu ne changes d'avis.

L'automne est un peu froid, ils ont revêtu chacun la même veste molletonnée. Ils se faufilent main dans la main dans les petites ruelles de la vieille ville qui mène à l'édifice religieux.

    – Regarde-nous, un vrai petit couple.

    – C'est pas ce que nous sommes ?

    – Si mais c'est pas ce que je voulais dire…

    – Je plaisante, ma belle.

    – Admire plutôt cette architecture.

Mélanie entame un cours magistral sur le statuaire du portail principal, Georges est toujours aussi impressionné par les connaissances de sa compagne, il n'en rate pas une miette.

    – Et là, tu vois au milieu du tympan, la vierge à l'enfant, elle rappelle la dédicace de la cathédrale à Notre-Dame.

    – Tu m'épates. Comment peux-tu retenir tout ceci ?

    – La passion, Georges, la passion. Aller, entrons.

    – Pourquoi as-tu tenu à visiter ces lieux ?

    – Crois-tu en Dieu, Georges ?

    – Tu veux m'épouser dans cette cathédrale ?

    – Pourquoi pas. Mais ma question était sérieuse.

    – Ah, désolé. Je ne sais pas répondre catégoriquement à cette question. Je peux te dire que j'ai eu une éducation catholique.

Alors qu'elle continue son questionnement, ils poursuivent leur visite et arrivent devant l'autel, au-dessus duquel trône un Christ sur sa croix.

– Regarde Jésus. Crois-tu que si nous avions la possibilité d'empêcher sa crucifixion, le monde serait meilleur ?

– J'avoue ne pas savoir, mais m'être souvent posé la question.

– Ce qui fait que la religion chrétienne a prospéré, c'est bien la mort du Christ et sa résurrection.

– Pourquoi me parles-tu du Christ ?

– Crois-tu que si nous avions laissé mourir le jeune Adolf, le monde aurait été meilleur ?

– On peut imaginer que la Second Guerre Mondiale et ses massacres n'auraient pas eu lieu ?

– N'aurait pas eu lieu dans les années 40. Mais qui te dit que nous ne serions pas en plein conflit en ce moment ?

– Effectivement, rien.

– Et le fait que Gérald échoue systématiquement dans son désir de modifier le passé, tout ceci nous prouve que l'histoire ne se réécrit pas et qu'il est vain de vouloir le faire.

– Je vois où tu veux en venir. Merci Mélanie.

– Je t'en prie.

Après un petit moment de flottement, Georges rompt le silence.

– Sur ces bonne paroles, je te propose d'aller déjeuner. J'ai réservé une table à la Maison Kammerzell[33], pendant que tu te douchais.

– Excellente initiative, j'ai beaucoup entendu parlé de cette adresse, j'ai hâte de goutter à leur fameuse choucroute.

A peine ont-ils franchi la grande porte de la cathédrale, qu'ils ont déjà en vue la magnifique bâtisse du XVIe siècle. Il s'agit d'un style

---

[33] La maison Kammerzell — aussi appelée s'Kammerzellhüs en dialecte strasbourgeois — est un monument historique de la ville de Strasbourg, archétype de la maison alsacienne à colombage du XVIe siècle, située au n° 16 de la place de la Cathédrale.

Renaissance très particulier, le rez-de-chaussée est en pierre et les étages supérieurs en bois sculptés avec des fenêtres en cul-de-bouteille.

- Regarde les sculptures sur les poutres, elles représentent des scènes sacrées et profanes, les cinq sens, les quatre âges de la vie, la foi, l'espérance et la charité. Et regarde ici, les signes du zodiaque.
- Je savais que cela te ferait plaisir.
- Oui, excuse-moi, je ne peux pas m'en empêcher.
- A mon tour, je peux t'apprendre quelque chose de plus nauséabond dans l'histoire de ce lieu. Notamment durant la Seconde Guerre Mondiale, un écriteau trônait avec l'inscription « Hunden und Juden verboten ».
- Interdit aux chiens et aux juifs. Malheureusement monnaie courante dans l'Allemagne nazie... Mais je préfère de loin admirer ces personnages célèbres de l'histoire : Charlemagne, César, Hector ou encore Godefroy de Bouillon. Et là sur le pignon, on voit encore la poulie qui servait à faire monter les réserves au grenier.

Ils finissent par franchir le seuil de la porte d'entrée, une hôtesse les attend.

- Bonjour, j'ai réservé une table pour deux au nom de Magellan.
- Oui, veuillez me suivre.

Ils passent par un petit escalier qui mène aux étages. Chaque niveau est constitué de salles privatives pouvant accueillir de quatre à vingt personnes. Chacune des salles conserve la décoration d'époque, avec ce bois sculpté et ces vitraux aux fenêtres. La jeune femme les installe à une table qui donne sur la cathédrale.

- Je vous en prie. Voici les menus. Mon collègue va venir prendre votre commande d'ici quelques minutes. Je vous souhaite un bon repas.
- Merci.

A peine le temps de terminer le choix du plat, qu'un grand échalas vêtu d'un tablier blanc fait son apparition dans la pièce.

–   Bonjour, avez-vous fait votre choix.

–   Oui, pour moi ce sera votre fameuse choucroute de la mer.

–   Bien, monsieur, et pour madame Magellan.

Mélanie manque de s'étouffer avec son verre d'eau, alors que Georges se met à rire.

–   Désolé, nous sortons de la cathédrale, mais nous n'avons trouvé personne pour nous marier.

–   Je… je suis confus, madame.

–   Ce n'est rien, vous ne pouviez pas savoir.

Le repas se poursuit, chacun prenant soin de ne pas aborder les contraintes du boulot, aidé en cela par quelques verres de Riesling d'une cuvée exceptionnelle.

En sortant du restaurant, les effets du vin se font ressentir.

–   Dis-moi, mon petit Georges, si on en profitait d'être ici pour nous marier ?

–   Ah ! Ah !

–   Ah ! Ah !

Ils en rigolent puis s'enlacent tendrement. De nouvelles nausées viennent gâcher ce moment intime.

–   J'ai trop mangé et peut-être abusé un peu trop du Riesling…

–   … entrons à l'hôtel, nous reposer

–   Oui et vite, je sens que la choucroute remonte…

–   … Mélanie !

–   Désolé, c'est le vin.

–   Ah ! Ah ! Allez au lit.

Il est huit heures du matin, Georges et Mélanie sont toujours dans les bras de Morphée, la nuit fût courte. Un homme monte les quelques marches qui mènent à l'étage de leur chambre ; il réussit à ouvrir silencieusement la porte et pénètre tranquillement dans les lieux ; il est surpris de ne voir que Mélanie, couchée dans le lit ; soudain, il ressent l'acier froid d'une arme sur la tempe.

    — Commandant, en voici des manières. Je comprends mieux pour pourquoi vous n'avez jamais été promu si c'est comme cela que vous accueillez vos supérieurs.

    — Colonel, mais vous êtes inconscient, j'aurai pu vous tuer.

    — Non, vous avez le sang froid, je ne risquais rien.

    — Mais que faites-vous ici, des nouvelles de notre ami ?

Le bruit réveille Mélanie, elle remonte le drap afin de cacher sa nudité.

    — Colonel ? Mais que faites-vous ici ? Et Georges, pourquoi braques-tu une arme sur lui ?

    — Ah oui, désolé, un vieux réflexe. Mais cela ne nous dis pas pourquoi vous vous êtes introduit par effraction dans notre chambre.

    — Cela fait une heure que je suis en bas à vous laisser des messages. Comme je n'ai eu aucune réponse, je me suis inquiété. D'où mon entrée… étrange.

    — Nous nous sommes couchés un peu tard, il est vrai. J'imagine que si vous êtes venus en personne de si bonne heure et d'aussi loin, c'est que vous avez quelque chose d'important à nous annoncer.

    — Vous avez arrêté Gérald ?

    — Malheureusement non, mademoiselle Saintonge. Et c'est justement la raison de ma venue. Je crains qu'il y ait une taupe dans nos services. Ce qui expliquerait pourquoi l'uchroniste sait toujours s'en sortir.

    — C'est une piste que j'ai également envisagé, dit Georges, avez-vous une idée de l'identité de cette taupe ?

    — Malheureusement oui. Et compte-tenu de la personne sur qui pèse les soupçons, j'ai préféré venir en parler avec vous directement et discrètement.

– Nous vous écoutons.

– Je suis désolé, Mélanie, mais il s'agit du professeur Wells…

– … non, c'est impossible !

– Malheureusement, tous les indices concordent. Nous savons qu'il vous a rendu visite, il y a peu de temps, quel en était le motif ?

– Il s'agit d'une rencontre très personnel, s'empresse de lui dire Mélanie.

– C'est la vérité, enchérit Georges. Vous connaissez les liens qui existent entre Mélanie et le professeur, il la considère un peu comme sa fille, et il venait s'assurer des intentions de celui qui était entrée dans sa vie.

– Rien de plus, êtes-vous certains ?

– Non, mais je suis persuadée que vous vous trompez à son sujet.

– J'espère que vous avez raison. Mais je vous en prie, faites attention à vous Mélanie, moi aussi je tiens à ce qu'il ne vous arrive rien.

– Merci, colonel. Nous serons vigilants.

– En attendant, restez ici encore 72 heures, et s'il n'y a aucun mouvement vous retournerez sur Paris.

Après le départ d'Herbert, Georges et Mélanie chercheront à comprendre comment le professeur pourrait être réellement mêlé à tout ceci, mais surtout de quelle manière ils vont pouvoir lui venir en aide pour le laver de tout soupçon.

CHAPITRE 14 : DEROUTEMENT

Strasbourg, 20 octobre 2016 9 h

Alors qu'ils s'apprêtent à quitter l'hôtel, ils reçoivent un appel du colonel Herbert.

– L'uchroniste a bougé, nous devez vous rendre à Sarajevo. Dirigez-vous vers l'aéroport, je vous en dirais plus d'ici là.

– Bien colonel… il a raccroché.

A peine démarrent-ils le véhicule, qu'un sms parvient sur le téléphone de Mélanie : « 1914, le 28 juin ».

– L'assassinat de François Ferdinand, s'écrient-ils ensemble.

Ils ne perdent pas de temps et foncent à vive allure vers l'aéroport de Strasbourg-Entzheim.

– Tiens, un nouveau message : un jet nous attend sur place.

– La grande classe, le budget du SVT va exploser.

– Sois prudent, j'aimerais y arriver en vie.

L'avion affrété pour le voyage est de petite taille, loin du luxe qu'aurait pu faire croire la dénomination de jet.

–   Je suis un peu déçu du standing.

–   L'essentiel est qu'il nous amène le plus rapidement possible à Sarajevo.

–   Crois-tu réellement que Gérald veuille à tous prix empêcher la premier Guerre Mondiale ?

–   Il doit y trouver un intérêt économique tout comme pour le sauvetage d'Hitler. Je ne le crois pas assez altruiste pour vouloir absolument éviter deux guerres mondiales.

–   Ou il est tellement cintré qu'il veut simplement prouver son hypothèse.

–   En attendant, nous nous retrouvons dans la même situation que Le Prince… nous allons devoir tout faire pour que l'archiduc meurt…

–   Oui, et ça ne me réjouit guère.

Sarajevo, 20 octobre 2016 11 h 45

Arrivés dans le centre ville près du pont Cumurija qui enjambe la rivière Miljacka, Mélanie et Georges se préparent pour leur voyage temporel.

–   Si j'ai bien tout compris, ce n'est pas ici qu'a eu lieu l'assassinat de l'archiduc ?

–   Pas exactement, de l'autre côté de ce pont d'acier, François Ferdinand va être victime d'une première tentative avec l'explosion d'une bombe.

–   Puisqu'il en réchappe, je ne vois pas l'intérêt qu'aurait l'uchroniste d'intervenir.

–   Le couple royale décidera plus tard d'aller visiter les blessés de ce premier attentat, et c'est sur le chemin que le drame interviendra.

—   Tu es en train de me dire, que notre archiduc n'a vraiment pas eu de chance ce jour-là.

—   Oui, ou l'histoire est déjà écrite…

—   Alors buvons à sa santé, et allons lui rendre visite !

Sarajevo, 28 juin 1914 10 h 15

Un convoi de six véhicules vient de dépasser le premier membre du groupe de terroriste, Mehmed Mehmedbasic. Il s'est positionné tout près de la banque austro-hongroise ; il s'apprête à tirer, mais au dernier moment il se ravise, un policier se tient derrière lui. Quelques mètres plus loin, la voiture de l'archiduc passe à proximité du deuxième membre, Vaso Cubrilovic ; l'angle de tir n'est pas idéal, il risquerait de toucher la duchesse… il se ravise.

—   Je ne vois pas l'uchroniste.

—   Cela risque d'être compliqué de le retrouver dans cette foule. Nous devons nous concentrer sur le troisième terroriste, Nedeliko Cabrinovic. D'après les experts, il devrait se situer juste en face… regarde, c'est lui. C'est le même homme que sur les photos que m'ont téléchargées les experts.

—   Oui. Que faisons-nous ?

—   Nous devons nous assurer que Gérald ne va pas intervenir.

—   Approchons-nous alors.

—   Tu n'y penses pas. Lorsque la bombe va exploser, il faut que nous soyons à une distance raisonnable.

—   Tu marques un point, ma belle, et je pense que notre ami ne va pas intervenir ici.

—   Tu as raison, ce serait trop dangereux.

Cabrinovic est beaucoup plus déterminé que ses autres camarades, il va jusqu'à demander d'un ton enthousiaste à un policier en faction de lui désigner la voiture de l'archiduc dans le cortège. Cela fait plusieurs semaines qu'il attend ce moment. Il a préparé sa bombe bouteille avec minutie, il l'a remplie de clous et de morceaux de plomb haché afin de faire le maximum de dégâts. La voiture approche… dans la précipitation, il n'attend pas les huit secondes préconisées avant de lancer son engin… le projectile rebondit sur la voiture de l'archiduc sans exploser… elle atterrit sous le véhicule suivant… la panique s'empare de la sécurité et de la foule et après quelques secondes, une explosion retentit. Les passagers sont gravement blessés, le comte Fos-Waldeck, un aide de camp et le lieutenant-colonel Merizzi, ainsi qu'un policier et plusieurs badauds. Le convoi se hâtent alors vers l'hôtel de ville, de peur d'une deuxième attaque. Dans sa voiture l'archiduc s'adresse à son épouse : « J'étais sûr que quelque chose de ce genre se produirait ».

Mélanie et Georges restent stupéfaits par la scène qu'ils viennent de vivre. Cabrinovic comprenant son échec saute dans la rivière afin d'avoir le temps d'avaler sa pilule de cyanure. Finalement, ce n'était pas son jour ; il n'y avait que dix centimètres d'eau et sa pilule trop ancienne n'a eu aucun effet. Les policiers se sont rapidement emparés de lui, mais la foule se précipite vers le terroriste et le frappe violemment avant qu'il ne soit mis en garde à vue. Le départ précipité de la voiture de l'archiduc aura pour conséquence d'éviter les quatrième et cinquième conspirateurs ; Cvjetko Popović et Gavrilo Princip.

> – Nous devrions nous diriger à notre tour vers l'hôtel de ville, Mélanie.

> – Non, ce n'est pas ici qu'aura lieu l'assassinat. Suis-moi ce n'est pas très loin.

De leur côté, l'archiduc-héritier et la duchesse de Hohenberg arrivent finalement à l'hôtel de ville où ils sont accueillis par le maire musulman, Fehim Effendi Curcic. Ce dernier qui en entendant l'explosion quelques minutes auparavant, crut qu'il s'agissait de coup de canon tiré en l'honneur de leur visite.

> – Votre Altesse Impériale et royale, nos cœurs sont remplis de joie
> à l'occasion de cette charmante visite que votre Altesse nous fait
> l'honneur d'accorder à la capitale de notre pays, et...

Furieux de ne pas recevoir d'excuses suite à la tentative d'attentat, l'archiduc ne le laisse pas terminer son discours.

> – ... C'est inadmissible ! Est-ce là l'habitude des Bosniaques
> d'accueillir avec des bombes ceux qui viennent pacifiquement à
> eux et de bonne foi ?

La fin de la réception se déroule dans un climat très tendu. A ce stade, la sécurité de Ferdinand considère que la tentative d'attentat est un échec, Cabrinovic ayant été appréhendé. Pourtant un dernier conspirateur, Trifun Grabez est situé près de l'hôtel de ville et attend patiemment son moment. Il finit par renoncer à son tour, impossible pour lui de se positionner assez près à cause des mouvements de foule.

A 10 h 45, l'archiduc émet le désir d'aller visiter les victimes de la bombe. Le général Oskar Potirek et le comte Harrach prennent place dans la limousine du couple impériale. Avant de prendre le départ, le général Potirek décide de changer l'itinéraire prévu et prévient le docteur Edmund Gerde, commissaire de la ville, placé dans la première voiture du convoi qu'au lieu de prendre à droite dans la rue François-Joseph, le cortège devra longer le quai pour se rendre à l'hôpital de la gare où sont soignées les victimes. Malheureusement Gerde omet de prévenir du changement d'itinéraire au chauffeur.

Mélanie et Georges viennent d'arriver sur lieu du futur drame.

> – Regarde, notre homme est ici.
> – Comment savait-il que le convoi passerait par là ?
> – Il n'en sait rien, il s'est juste réfugié ici après son échec.

Gavrilo Princip est effectivement positionné devant le magasin Moritz delicatessen, au croisement du quai et de la petite artère transversale qui rejoint la rue François-Joseph.

> – De nouveau, nous allons devoir tout faire pour qu'un homme
> soit assassiné.

–   Et nous n'y pouvons rien. Mais regarde plutôt qui vient de faire son apparition.

–   Gérald. Mais qu'est-ce qu'il fait avec son module… j'ai l'impression qu'il consulte des documents qu'on lui a téléchargé… bon sang, nos doutes étaient fondés, il a un complice. Cachons-nous avant qu'il nous repère.

–   Je ne crois toujours pas à la culpabilité du professeur.

–   J'imagine plus un expert, ils ont tous accès au système d'envoi.

Pendant ce temps le convoi poursuit son avancée. N'ayant pas été informés du changement d'itinéraire, les chauffeurs des deux premiers véhicules prennent à droite au lieu de longer le quai. Potirek est dos à la route et ne s'aperçoit pas de l'erreur, soudain sa propre voiture dans laquelle se trouve l'archiduc tourne dans la même rue.

–   Qu'est-ce que tu fais ? Tu te trompe de route, il faut rester sur le quai pour rejoindre l'hôpital.

Le chauffeur s'arrête au milieu de la foule pour enclencher son demi-tour.

–   C'est le moment d'intervenir, Gérald s'approche de notre homme.

Ils ne sont qu'à trente mètre des protagonistes. Georges se précipitent en courant, alors que l'uchroniste est sur le point de prendre contact avec Princip.

–   Laisse-le !

Gérald est surpris de le voir arriver en courant, il ne demande pas son reste et s'enfuit dans la foule.

–   Je m'occupe de lui, assure-toi que le conspirateur fasse sa basse œuvre, demande-t-il à Mélanie par l'oreillette.

De son côté, Princip ne semble pas avoir été perturbé par cette situation. Il voit même une occasion d'intervenir, alors que le convoi semble faire demi-tour vers lui. Dans un premier temps, il envisage de lancer sa bombe, puis se ravise ; la foule est trop dense. Son pistolet Browning en main, il se dirige vers la voiture de l'archiduc… un policier tente de l'intercepter, mais ce dernier trébuche, un autre serbe,

Mihajlo Pušara, vient de lui asséner un coup de pied. Arrivé à hauteur du véhicule, il tire deux fois : la première balle traverse la voiture et atteint la duchesse à l'abdomen, la seconde atteint l'archiduc au niveau du cou.

Surpris par les coups de feu, Georges se retourne et Gérald en profite pour le semer et disparaitre avec le module. A cet instant, un groupe de passants saute sur le meurtrier et lui arrache le pistolet des mains.

Mélanie rejoint Georges sous le choc de la scène qu'elle vient de vivre.

— Décidemment, l'histoire ne peut changer.

— Nous n'avons plus rien à faire ici, Mélanie. Rentrons chez-nous.

Histoire

Le meurtre de l'archiduc François-Ferdinand d'Autriche est généralement considéré comme le déclencheur de la Première Guerre mondiale. François-Ferdinand visite Sarajevo en Serbie le 28 juin 1914. Un nationaliste tente de faire exploser la voiture, mais cet attentat échoue parce que la bombe tombe de la voiture. Plusieurs passants sont blessés, mais l'archiduc et son épouse sont indemnes. Plus tard dans la journée, le couple souhaite rendre visite aux blessés, mais la voiture prend la mauvaise sortie et se retrouve à côté de Gavrilo Princip, un des six assassins. Princip n'en revient pas de sa chance et tire sur l'archiduc et son épouse. Tous les deux sont conduits à la résidence du gouverneur, où ils meurent quinze minutes plus tard. Princip tenta, à son tour, de se suicider d'abord en ingérant sa capsule de cyanure, puis avec son pistolet, mais des badauds lui arrachent des mains avant qu'il ne puisse tirer. Finalement, il vomira le poison, ce qui fit penser à la police que le groupe de terroriste s'était fait vendre un poison trop faible ou autre chose que du cyanure.

PARTIE 3
DE LA PENICILLINE A LA CHUTE

Depuis six mille ans la guerre plaît aux peuples querelleurs, et Dieu perd son temps à faire les étoiles et les fleurs.

Victor Hugo - <u>Paroles de sagesse éternelle</u>

CHAPITRE 15 : LA PISTE

Sarajevo, 20 octobre 2016 17 h 40

Le tunnel de lumière parait toujours aussi fantastique, les étoiles de la galaxie semblent s'étirer à l'infini. L'arrivée paraît de moins en moins brutale, ils savent mieux anticiper le choc ; Ils posent un genou à terre et les deux mains au sol.

De retour à l'hôtel, ils sont surpris de voir une tête connue.

– Colonel, mais que faites-vous ici ?

– J'étais inquiet. J'ai donc fait le voyage pour vous retrouver et vous parler discrètement.

– Nous aurions préféré un commando pour appréhender l'uchroniste.

– Nous n'avons pas d'agents sur Sarajevo, il nous a donc été impossible de monter une mission aussi rapidement. Le temps est notre pire ennemi dans cette mission.

– A qui le dites-vous.

– Comme je vous le précisais, je suis inquiet pour vous, le complice n'a toujours pas été démasqué, et je crains qu'il intente à votre vie lors d'une prochaine mission, ou qu'il vous empêche de revenir dans le présent.

– A ce rythme, nous allons assister à la naissance de nos parents, ironise Georges.

– Ne plaisantez pas avec cela, commandant. Que croyez-vous qu'il se passe si vous rencontrez votre double dans le passé ?

– A en croire le professeur, rien. Grâce aux multivers…

– … Wells est notre premier suspect, mademoiselle Saintonge. Imaginez qu'il vous mente, et que le but de l'uchroniste est de vous faire rencontrer vos doubles… vous disparaitriez et nos chances de récupérer le module avec.

– Oh là ! Nous n'en sommes pas encore là. Dites-nous plutôt qu'elle est notre prochaine destination.

– Vous avez raison. Les traces résiduelles de son module, semble indiquer qu'il a repris le chemin vers l'ouest.

– Si vous arrivez à le localiser, pourquoi ne pas envoyer une équipe pour le cueillir.

– Pour deux raisons, commandant. Nous ne disposons que de quarante-cinq minutes et la précision est de dix kilomètres.

– Effectivement, c'est un peu juste.

– En attendant, repartons ensemble sur Paris. Nous aviserons sur place.

Pendant quarante-huit heures, l'uchroniste de donnera pas de signe de vie. Mais, il va commettre probablement sa première grosse erreur que les agents du SVT vont pouvoir exploiter. Le colonel Herbert a convoqués Mélanie et Georges pour leur faire part des dernières avancées.

– Colonel.

– Colonel.

–   Bonjour, nous avons du nouveau.

–   Vous aviez l'air très enthousiaste au téléphone. Auriez-vous arrêté Gérald ?

–   Nous n'en sommes pas encore là, mademoiselle Saintonge. Sachez que nous avons mis tout en œuvre pour le pister, notamment en suivant l'utilisation de sa carte bancaire.

–   Visiblement il ne l'a pas utilisée depuis le début des voyages.

–   C'est vrai. Il avait probablement anticipé en amassant du liquide. Ce que nous avons pu confirmer en épluchant ses comptes.

–   Si je comprends bien, il a fini par utiliser sa carte bancaire.

–   Exactement. Il n'avait très certainement pas prévu certains frais.

–   Et où se trouve-t-il ?

–   A Londres. Des agents sur place sont au courant, ils attendent votre arrivée pour demain. Je sais que nous ne serez pas dépaysé, commandant.

–   Euh… oui… non.

–   Ramenez-moi ce module, il en va de l'avenir du monde tel que nous le connaissons.

En quittant le SVT, Mélanie s'empresse d'interroger son compagnon sur la révélation du colonel Herbert.

–   Que voulait-il dire par « vous ne serez pas dépaysé » ? Tu as déjà travaillé sur Londres ?

–   Oui, j'ai été en mission d'infiltration avec le soutien du MI6[34] durant six mois.

–   Et tu as gardé quelques relations sur place ?

–   Très peu…

–   … dommage cela nous aurait facilité la vie.

---

[34] Service de renseignements extérieurs du Royaume-Uni. Son rôle est de produire des renseignements sur les sujets concernant les intérêts vitaux du Royaume-Uni en matière de sécurité, défense, politique étrangère et politique économique.

Londres, 23 octobre 2016 16 h 50

Le temps est agréable sur la capitale britannique pour un mois d'automne. Ils descendent de l'avion et suivent les longs couloirs de l'aéroport d'Heathrow qui mènent à la sortie. A peine ont-ils franchis les portiques de sécurité qu'une femme d'une trentaine d'année les aborde.

– Bonjour Georges, lui dit-elle en l'embrassant sur la joue.

– Bonjour Mary.

– Vous devez être Mélanie Saintonge ?

– C'est bien moi.

– Je suis Mary Sheppard, votre contact pour le MI6.

– Enchantée Mary.

– Suivez-moi, mon véhicule est de ce côté-ci.

Alors que l'agent anglais est quelques pas devant, Mélanie commence un interrogatoire.

– Alors, comme cela, tu as gardé très peu de relations avec le MI6.

– Oui, enfin ça fait quatre ans que nous ne nous sommes pas vus.

– Visiblement, vous n'aviez pas qu'une relation… professionnelle.

– C'était il y longtemps, Mélanie.

– Tu avoues avoir eu une relation intime avec cette Mary ?

– Oui, mais c'est du passé. Je t'ai toi, maintenant.

– J'espère pour toi, et surtout pour elle, lui assène-t-elle en le prenant par la main.

Voyant la scène, Mary lance un regard dubitatif vers Georges.

Mary dépose ses collègues français au pied de leur hôtel et leur indique qu'elle recontactera dès que possible, si elle parvient à retrouver la trace de Gérald.

Le Guardsman est un hôtel luxueux à la devanture plutôt moderne, il se situe à deux pas de Christchurch Garden. Alors qu'ils prennent l'ascenseur menant à leur chambre, Georges brise le silence.

–   Tu n'as pas décroché un mot depuis notre départ de l'aéroport.

–   Tu ne m'a jamais parlée de cette Mary.

–   Je te l'ai dit, ce n'était pas important.

–   Peut-être, mais je ne peux pas m'imaginer en compétition avec cette fille.

–   Tu ne l'es pas.

–   En plus on dirait un mannequin de chez Vanity Fair. Tu ne choisis pas les plus moches.

–   Et tu es bien placée pour le savoir.

–   Ouaih, rattrape-toi aux branches.

Georges pose les valises et l'enlace tendrement.

–   Oublions Mary, et allons diner dans un restaurant en amoureux.

–   Oh, mon dieu, dit Mélanie en se tenant le ventre.

–   Encore des nausées ?

–   Oui, j'ai peur que nous devions reporter le restaurant.

–   As-tu parlé avec Wells ?

–   Oui, il m'a dit qu'il y avait peu de chance qu'il s'agisse d'effets dus aux voyages temporels.

–   A notre retour sur Paris, tu iras faire des examens.

–   Promis. En attendant, commandons et dinons dans la chambre.

Moins d'une demi-heure plus tard, une serveuse frappe à la porte. Georges l'accueille chemise ouverte qu'il a enfilé rapidement en sortant de la salle de bain, où Mélanie finit de se préparer.

–   Votre diner, monsieur Magellan, lui dit-elle en souriant.

–   Merci, mademoiselle, voici pour vous.

Georges glisse le chariot jusque dans le salon, où l'attend sa compagne.

–   Ça m'a l'air bien délicieux.

– Au prix que cela va coûter au SVT, ce serait la moindre des choses.

– Trêve de plaisanterie, tu ne crois tout de même pas que le professeur Wells puisse être notre taupe ?

– Je voudrais te rassurer et me rassurer, malheureusement mon métier m'a appris que nous devions tout envisager, même l'improbable.

– C'est impossible.

– Faisons un état des lieux des suspects potentiels, à part Wells.

– Il y a Bellanger, le chef des experts.

– Les experts eux-mêmes.

– Impossible.

– Pourquoi ?

– Ils n'ont aucun moyen de joindre Gérald sur le module.

– Peut-être dans le passé, mais dans le présent, l'uchroniste peut les contacter.

– Tu as raison… ça va faire du monde.

– Concentrons-nous en priorité sur Bellanger.

– Que propose-tu ?

– Nous allons lui tendre un piège.

– Comment ?

– Tu vas l'appeler et lui donner une fausse information importante qui pourrait aider l'uchroniste.

– Mais comment savoir s'il lui a fourni l'information ?

– Crois - moi, nous le saurons assez vite, surtout s'il n'est pas coupable.

– Je ne comprends pas.

– Fais-moi confiance, appelle-le, et dis-lui qu'un ami commun l'a vu il y a quelques jours dans un restaurant où vous aviez l'habitude d'aller.

– Nous n'allions jamais au restaurant.

– Peut-être, mais Bellanger ne le sait pas, lui.

– D'accord je l'appelle.

Une fois le coup de fil passé, ils ne leur restent plus qu'à attendre...

- J'y pense, nous sommes aussi sur la liste des suspects.
- Si c'était le cas, il faudrait que nous soyons complices, ma belle. Vu que nous passons vingt-quatre heures sur vingt-quatre ensemble.
- Effectivement, je m'égare.
- Il y en a encore un que nous oublions.
- Herbert ?
- Parfaitement.
- J'y ai songé, mais cela serait vraiment très bizarre. Quel serait son intérêt ?
- Je ne sais pas encore, c'est vrai que c'est lui qui a découvert qu'il y avait une taupe...
- ... tiens, quand nous parlons du loup.
- Mets le haut-parleur.
- Bonjour colonel...
- ... qu'est-ce que c'est que cette histoire que l'on vient de me rapporter !
- Quelle histoire ?
- Ne vous moquez pas de moi, mademoiselle Saintonge ! Je sais que vous êtes sur le point d'entrer en contact avec l'uchroniste !
- On vous aura mal renseigné, colonel.
- Je ne crois pas, ma source est fiable !
- Bonjour colonel, ici Magellan. Nous ne pouvons pas tout vous expliquer, mais vous devez savoir que nous sommes en pleine enquête...
- ... Quelle enquête ? Je ne vous ai rien demandé !
- Rassurez-vous, colonel. C'est pour le bien de la mission, nous reviendrons très vite vers vous...
- ... je vous laisse vingt-quatre heures...
- Il a raccroché. Visiblement, il n'est pas content.
- Peut-être, mais nous avons un suspect de moins.
- Bellanger ?

–   Il s'est empressé d'aller voir Herbert et non l'uchroniste.

–   Quand je repense à sa réaction. Il ne peut pas supporter que quelqu'un lui cache quelque chose.

–   Ne crions pas trop vite victoire, Mélanie. La disculpation de Bellanger ramène les soupçons sur Wells, et ça Herbert va bientôt en être conscient.

–   Je ne peux pas m'y résigner.

–   Attendons quelques jours avant de faire une conclusion trop hâtive.

CHAPITRE 16 : FLEMING

Londres, 26 octobre 2016 11 h 15

Plusieurs jours se sont écoulés, sans aucune nouvelle de Wells, cela inquiète fortement Georges et surtout Mélanie qui commence à douter sur cet homme en qui elle a une grande confiance.

- J'ai eu Herbert en ligne, tout à l'heure, il semble calmé.
- Il a du comprendre notre stratagème avec Bellanger, et donc être conforté sur la piste de Wells.
- Je voudrais en discuter avec lui, il me doit une explication, et s'il est réellement coupable, je saurais le voir.
- Je crains que cela soit trop dangereux, Mélanie. Nous allons agir différemment.
- Justement, un message d'Herbert… nous partons en mission…
- … enfin ! Et où ?
- Visiblement, nous sommes dans le bon pays… et… non.
- Quoi ? Non !
- Ta copine vient nous chercher.
- Mélanie, je t'en prie. Tu ne vas pas recommencer.
- Je vais essayer de faire un effort. En attendant, va te changer. Je ne voudrais pas qu'elle te voit dans cette tenue.

– La jalousie ne te va pas au teint.

– Idiot ! Dépêche-toi au lieu de dire n'importe quoi.

A peine Georges est-il enfermé dans la chambre que quelqu'un frappe à la porte de la chambre. Mélanie va ouvrir.

– Bonjour Mélanie, vous avez reçu le message d'Herbert.

– Bonjour Mary, lui répond-elle d'un ton glacial. Oui, il y a quelques minutes.

– Georges n'est pas là.

– Il se change.

– Bon, Mélanie. Je crois que nous sommes parties sur de mauvaises bases. C'est vrai que nous avons été amants avec Georges il y a quelques années.

– Tu l'aimais ?

– On ne peut pas vraiment dire cela. Disons que nous étions tous les deux libres et consentants.

– Lui ne l'est plus libre, aujourd'hui.

– Je le sais, Mélanie. Moi non plus. J'ai une vie bien rangée, maintenant. Je suis mariée et j'ai deux enfants. Regarde.

Elle lui tend son téléphone portable. Mélanie esquisse un sourire un observant les photos.

– Quel âge ont-ils ?

– Trois ans et dix-huit mois. Et notre histoire avec Georges date d'il y a cinq ans, si c'est la prochaine question.

– Non, répond Mélanie en émettant un petit rire.

– Ouf !

– Vous avez l'air heureux tous les quatre sur cette photo.

– Nous le sommes, et sois rassurée, je ne te le piquerais pas. Nous n'aurions jamais pu avoir une histoire sérieuse tous les deux. En revanche, c'est un type bien.

– J'en suis consciente. Je suis vraiment désolée, Mary, d'avoir ce comportement avec toi.

– Je t'en prie. Pour être honnête, ça m'a un peu amusée au début, mais rapidement, je me suis aperçue que vous étiez très amoureux l'un de l'autre.

– C'est le cas.

– Je te souhaite tout le bonheur du monde, Mélanie.

– Merci, Mary, lui répond-elle en l'enlaçant.

Georges fait son apparition, surpris par la situation.

– Euh… j'ai loupé quelque chose ?

– Tu vois, il est trop chou lorsqu'il fronce les sourcils.

– Ah ! Ah ! Ah !

– Bon ! Dis nous plutôt où nous allons ?

– Herbert, un type imbuvable au passage. Il m'a demandée de vous conduire à l'hôpital Sainte Mary. J'ai cru à une plaisanterie, au début… vous voyez Mary…

– C'est pas vraiment le genre du colonel.

– Ça, je l'ai bien compris. En revanche, pouvez-vous m'en dire plus sur cette mission, je n'ai pas eu le temps de lui poser la question qu'il avait déjà raccroché, sans même un petit mot de sympathie.

– Rassure-toi, il le fait à tout le monde.

– Ça doit être charmant de bosser avec lui. Du coup cette mission ?

– Ce serait difficile, incompréhensible et dangereux.

– Merci pour la confiance.

– Non, je t'assure, Mary, Georges te dit la stricte vérité.

– Si c'est si dangereux que cela, vous allez être surpris du matériel qu'il m'a demandé de vous fournir ; deux bouteilles d'eau.

– Nous t'avions prévenue ; incompréhensible.

Alors qu'ils s'apprêtent à entrer dans le véhicule de Mary, elle remarque le module que Mélanie a glissé dans sa poche intérieur.

– Qu'est-ce que c'est ? On dirait un gros smartphone.

– Ce serait difficile, incompréhensible et dangereux, lui répond Georges.

– Décidément, vous n'êtes pas drôles.

Il ne leur faudra pas plus de trente minutes pour arriver sur place. L'entrée, reconnaissable entre toute, est formée d'une arche en brique rouge, sur laquelle est inscrit le nom de l'hôpital en grandes lettres d'or ; ST MARY'S HOSPITAL. Alors qu'ils franchissent la grille en fer forgé noire, Mélanie reçoit un message de Bellanger.

  – Fleming !
  – Qu'est-ce qui te prend ?
  – Rassure-toi, ça lui arrive parfois.
  – J'imagine que si je vous demande des explications...
  – ... difficile, incompréhensible...
  – ... je sais, et dangereux.
  – Tu dois nous attendre ici. Et crois-moi, nous serons de retour plus vite que tu ne l'imagines.
  – Ok. En même temps, les consignes de votre patron acariâtre étaient de vous accompagner jusqu'à l'entrée de l'hôpital et de poster des gars à toutes les sorties pour choper ce type.

Elle montre une photo de Gérald sur son téléphone.

  – Exactement, Mary. Mais, surtout sois prudente, ce gars est dangereux.
  – Ça m'a l'air bien difficile et incompréhensible.
  – Tu vois, tu as tout compris.
  – J'allais oublier vos bouteilles et ce sac avec des déguisements.

Alors qu'il pénètre à l'intérieur de l'hôpital, Mélanie explique à Georges qu'ils partent pour le 12 septembre 1928, le jour même où Alexander Fleming découvre par hasard les effets de la pénicilline sur les bactéries.

  – Je pense que l'intérêt de Gérald sera d'obtenir au travers de Fleming un brevet qu'il n'a pas su réellement exploiter lui-même.
  – Me voilà rassuré, pas de mort pour cette mission.
  – Sauf s'il l'empêche de faire cette découverte... se seront des millions de morts en perspective...

Londres – St Mary's Hospital, 12 septembre 1928 9 h 35

Une fois sur place, ils décident de se séparer, Mélanie dans le laboratoire de Fleming et Georges en retrait pour surprendre Gérald.

Une fois sa blouse blanche enfilée, elle se dirige dans le couloir menant au bureau de Fleming. Elle n'a pas eu beaucoup de difficulté à le retrouver, dans le présent, une plaque commémorative indique : « Sir Alexander Fleming 1881 – 1955 discovered Penicillin in the second storey above this plaque. [35] »

L'idée même de pénétrer dans ce lieu impressionne Mélanie. Ce sont les travaux de Fleming qui l'ont inspirée pour entreprendre des études scientifiques. Malheureusement, elle est consciente que la moindre interaction avec le chercheur pourrait avoir de graves conséquences.

Georges a trouvé un endroit discret pour surprendre Gérald. La décision de leur tactique n'a été divulguée à personne, afin que l'uchroniste n'essaie de contrer leur piège.

Une silhouette fait son apparition, il s'agit de Gérald. Il passe tout près de Georges qui ne le reconnait pas. Qui ferait attention à un vieux professeur en blouse blanche affublé d'une barbe grise ? Surtout à cette époque.

L'uchroniste pénètre tranquillement dans le laboratoire, en entrant il aperçoit Mélanie de dos qui observe Fleming sur le point de faire sa découverte. Elle est tellement concentrée qu'elle n'a pas prêté attention à l'arrivée de Gérald. Son coéquipier est censé l'arrêter avant qu'il ne pénètre dans ce lieu. L'uchroniste réfléchit un instant sur l'opportunité qui lui est offerte, il a réussi à piéger Georges, et Mélanie se retrouve seule et sans défense. Sa décision est prise, il doit récupérer l'autre module. Il s'approche d'elle et sort une arme de sa poche.

> — Ne bouge pas ou je tire, lui souffle-t-il à l'oreille, en lui posant le canon de son pistolet sur le dos.

---

[35] Sir Alexander Fleming 1881 - 1955 a découvert la pénicilline au deuxième étage au-dessus de cette plaque.

Mélanie est surprise.

–   Ne fais pas de bêtise, Gérald.

–   Je crois que tu n'es pas en mesure d'exiger quoi que ce soit, ma belle.

A l'extérieur, Georges est en proie au doute. Cela fait plusieurs minutes que l'uchroniste aurait dû donner signe de vie.

–   Donne moi le module, Mélanie.

–   Tu sais très que c'est impossible, il faut que…

Elle s'arrête… elle vient de comprendre que Gérald aussi peut utiliser son module, leurs empreintes et leurs puces le leur permettre à tous les deux.

–   Dépêche-toi. Ma patience a des limites que tu es sur le point de franchir.

–   Si tu tires, tu ne pourras plus intervenir pour voler la découverte de Fleming.

–   Qui te parle de voler quelque chose. Tu es vraiment loin de la vérité, ma belle.

Georges ayant perdu patience finit par s'introduire dans le laboratoire pour rejoindre Mélanie. En apercevant la scène, il comprend qu'il a été leurré par le déguisement de Gérald. Il doit agir au plus vite, en évitant qu'il déclenche son module et ne reparte dans le présent avec elle. La perspective de rester dans le passé à tout jamais ne le réjouit guère.

Il aperçoit sur l'une des étagères près de lui, un flacon avec un tête de mort, il s'en saisit et y lit : acide chloridrique. Cela devrait faire l'affaire se dit-il.

–   Gérald !

Surpris d'entendre son nom, il se retourne et n'a pas le temps de se rendre compte que Georges vient de lui jeter un liquide sur la main. Il lâche son arme et hurle de douleur. Cela attire l'attention de Fleming qui demande le silence. L'uchroniste profite de la confusion pour s'enfuir par une porte dérobée alors que Mélanie se précipite dans les bras de son sauveur. Georges ramasse l'arme laissée par Gérald.

– Rattrapons-le !

Il remonte les escaliers qui mènent au rez-de-chaussée, en sortant sur l'arrière du bâtiment, ils tournent sur la droite et aperçoivent une lueur… il vient de repartir dans le présent.

Ils se précipitent au même endroit pour le cueillir sur place, c'est une chance à ne pas manquer…

Histoire

Alexander Fleming né en 1881 en Écosse ne s'est que très tardivement intéressé à la médecine. Ses travaux étaient essentiellement voué à la lutte contre les pathologies infectieuses, ce qui a fait de lui un des rares praticiens à expérimenter le Salvarsan découvert par Paul Erhlich en 1909. Après la Première Guerre mondiale, il se partage entre une activité médicale à St Mary et la recherche systématique d'agents antibactériens. En septembre 1928, il rentre de congés et s'aperçoit qu'une boîte de culture de staphylocoques qu'il avait laissé quelque temps dans son laboratoire de St Mary, avait été contaminée par un champignon. Il finit par en conclure que le champignon, le Penicillium, sécrétait une substance antimicrobienne, la pénicilline. Cette découverte fut publiée en 1929 et n'intéressa pas grand monde, tout comme une découverte identique faite à Lyon trente ans plus tôt. Ce n'est que pendant la Seconde Guerre mondiale, tandis que les Allemands perfectionnaient les sulfamides de leur côté, qu'une équipe de chimistes dirigée par Ernst Boris Chain et Howard Walter Florey isolait la pénicilline, ce qui en permit l'usage clinique. Ces trois chercheurs furent récompensés par le prix Nobel de physiologie ou médecine en 1945.

CHAPITRE 17 : PROMESSE

Hôpital Ste Mary - Londres, 26 octobre 2016 16 h 30

Gérald grimpe dans une voiture et file à vive allure. Mélanie et Georges n'ont pas eu le temps de réagir, il a encore trouvé le moyen de s'enfuir.

— Bon sang !

— Et où sont les hommes du MI6 ?

— Je crois que nos collègues anglais ne sont pas plus doués que les hommes d'Herbert, Mélanie.

— Et encore les nôtres roulent à droite…

— … qu'est-ce que tu viens de dire ?

— Qu'ils roulaient à droite… mais, je vois que mon humour n'a pas bien fonctionné.

— Non, ma belle, mais tu viens de nous permettre de faire un grand pas dans notre enquête.

— Explique-toi, parce que là je ne te suis pas.

— Les anglais ne roulent effectivement pas à droite, mais leur volant est à droite !

— Oui, et où veux-tu en venir ?

– Notre uchroniste s'est enfui au volant d'une voiture de location britannique…

– … et il est entré côté gauche !

– Exactement ! Son complice est sur Londres !

– Ce n'est donc pas le professeur !

– Nous avons notre preuve, mais…

– Quoi ? Que faisons-nous, maintenant ?

– Rien. Silence absolu. J'ai ma petite idée.

Ils retournent vers l'entrée de l'hôpital Ste Mary, où les attend Mary.

– Effectivement, vous n'avez pas été très long.

– On t'avait prévenu.

– En revanche, il faudrait que vous m'expliquiez comment vous avez fait pour vous changer aussi rapidement… et avec des fringues de vieux. Ça a un rapport avec votre mission, ou vous avez juste des goûts étranges ?

– Ah ! Ah ! Ah !

– Ah ! Ah ! Ah !

De retour à l'hôtel, Mélanie propose à Mary de boire un verre ensemble au bar du Guardsman. A peine, ont-ils franchi le seuil du bâtiment, qu'une surprise les attend.

– Colonel, que faites-vous ici ?

– Je devais absolument vous voir.

– J'imagine que ma présence n'est pas souhaitée, indique Mary sur un ton sec.

– Je vous remercie pour votre aide, agent Sheppard.

Mary embrasse Mélanie et Georges en leur glissant chacun un petit mot à l'oreille. Puis salue froidement Herbert qu'elle déteste.

– Mes inquiétudes et suspicions étaient fondées, je vais probablement faire arrêter le professeur Wells.

– Non, vous ne pouvez pas !

– Je vous en prie. Je vous ai laissé assez de temps. Je dois agir avant que la mission ne soit un échec total.

– Mais, nous avons appris que le complice était…

Georges la stoppe net.

– … ce qu'essaie de vous dire Mélanie, c'est que nous avons compris que le complice de l'uchroniste avait forcément de bonne connaissance du module et de son utilisation. Et contrairement à elle, je crains que vous n'ayez raison au sujet de Wells, colonel.

– A la bonne heure.

– Je vous demande juste un dernier délai de 48 heures pour confirmer ou infirmer ces soupçons.

– Accordé. Mais dans deux jours je l'arrête. Et ne tentez rien pour le faire s'échapper.

– Vous avez notre parole.

– En attendant, allez vous changer et faites vos bagages. Notre avion pour Paris décolle dans deux heures. Je vous attends au bar.

Arrivés dans la chambre, Mélanie demande quelques explications sur l'attitude de Georges avec Herbert.

– A quoi joues-tu ?

– Nous ne devons faire confiance à personne, Mélanie.

– Même Herbert ?

– Surtout Herbert.

– Que faisons nous pour le professeur ?

– Nous devons trouver un moyen de rentrer en contact avec lui, sans qu'il se doute de quoi que ce soit.

– Je vais l'appeler pour que nous voyions en privé. Je lui prétexterais que je suis toujours aussi souffrante.

Mélanie vient d'arriver sur l'île Saint Louis, elle longe le quai de Bourbon. Le quartier est plutôt tranquille en ce milieu de l'automne. C'est elle qui a fixé le lieu du rendez-vous. Elle s'approche de la terrasse de la brasserie de l'Isle Saint-Louis où l'attend son contact.

– Bonjour, Professeur.

Il se lève et l'embrasse.

– Bonjour, Mélanie. Comment vas-tu ? Je me suis inquiété toute la nuit.

– Rassurez-vous, cela va un peu mieux.

– Mais, ton message et… Georges ?

Le commandant Magellan avait convenu d'accompagner Mélanie, et pour une question de discrétion de ne pas arriver par le même chemin et au même moment.

– Bonjour professeur.

– Euh… oui… bonjour Georges.

– Vous m'avez l'air perturbé.

– J'étais inquiet pour toi ma petite. Lorsque tu m'as dit vouloir me voir seule, j'ai bien compris que ta santé était un prétexte… et… je craignais que tu ais découvert que… que ton coéquipier était le complice de Gérald…

– Ah ! Ah !

– Ce n'est pas drôle.

– Excusez-nous, professeur. Mais nous voulions justement voir votre réaction.

– Vous m'avez piégé ?

– Oui, mais pour la bonne cause, lui répond Mélanie en lui tenant tendrement la main.

– Mais, alors, qui est le complice ?

– Nous préférons que vous ne vous en occupiez pas, professeur. Pour le moment, vous êtes le complice idéal pour Herbert.

– Comment !

–   N'ayez pas de crainte, nous ne lui ferons pas part de cette discussion, mais nous serons le convaincre de votre innocence.
–   Merci à tous les deux.
–   Nous nous reverrons au bureau, en attendant soyez prudent.

Chacun repart discrètement de son côté. En sortant de l'île Saint Louis, Georges rejoint Mélanie sur le Pont Neuf, il l'a prend par le bras puis l'enlace tendrement afin de l'embrasser.
–   Que de fougues !
–   Je profite du plaisir d'être avec toi, sans me préoccuper de savoir dans quel danger vont nous emporter l'uchroniste et son complice.
–   Mon foulard !
Dans un mouvement discret, Georges vient de faire tomber le petit châle de soie que Mélanie portait autour du cou, et celui-ci s'envole jusque dans le fleuve.
–   Georges ! Qu'est-ce qui te prends, j'ai bien vu que tu l'avais fait exprès.
Il lui prend la main et lui fait reprendre le chemin du retour.
–   Tu avais un micro sur ton foulard.
–   Comment ?
–   Fais comme si de rien n'était. Nous sommes probablement suivis et surveillés.
–   Par qui ?
–   D'ici peu, nous le découvrirons.

Arrivés au pied de l'immeuble de Georges, ils s'arrêtent nets et décident des consignes à appliquer.
–   Mon appartement est probablement truffé de micro, nous devons être très attentifs à ce que nous dirons.

Le silence radio durera 48 heures, sans nouvelles ni de l'uchroniste ni du SVT.

Paris 4ᵉ arrondissement, 29 octobre 2016 15 h 15

Le colonel Herbert vient de sonner à l'interphone de l'appartement de Georges, il grimpe les escaliers qui mènent à l'étage. Mélanie l'attend sur le seuil de la porte.

– Je sais pourquoi vous êtes ici, colonel.

– Vous savez aussi bien que moi que je dois agir.

– Mais, le professeur est innocent… nous vous avons apporté des éléments dans ce sens.

– Pas suffisamment convaincants.

– Vous ne pouvez pas l'arrêter…

– … n'insiste pas Mélanie, lui dit Georges en la retenant par la main.

– Mais, il est innocent…

– … nous le savons et nous allons continuer à recueillir des preuves.

– Vous avez une tâche bien plus importante à réaliser. Je viens de recevoir un message de Bellanger… l'uchroniste a été repéré. Après cette mission, je scellerais le sort de Wells, en attendant préparez-vous.

– Où allons-nous ?

– Allemagne en 1944…

– … vous plaisantez ?

– Jamais. Je vous attend en bas.

Dès le départ d'Herbert, Mélanie s'empare d'un calepin et d'un stylo et y inscrit quelques mots : *Promets-moi qu'il s'agit de notre dernière mission.*

La réponse de Georges la rassure : *Nous arrêterons dès que nous aurons confondu le complice et innocenté Wells : c'est pour bientôt.*

CHAPITRE 18 : ENCHAÎNEMENT

Dès qu'ils sont parvenus au pied de l'immeuble, Herbert entame les explications de cette nouvelle mission.

> — Il vient d'arriver sur Blaustein[36] et précisément dans le quartier d'Herrlingen, à la veille du débarquement.
> — Comment allons-nous passer inaperçus dans les rues de Blaustein en 44 ?
> — Vous parlez allemand, Colonel ?
> — Oui, ma grand-mère est alsacienne.
> — Eh bien, vous serez habillé en officier-SS.
> — C'est charmant.
> — Mélanie, vous serez sa petite amie italienne, cela ne devrait pas trop vous poser de souci.
> — Vous oubliez un détail, colonel.
> — Lequel ?
> — Je ne parle pas allemand.

---

[36] Commune située dans le Bade-Wurtemberg près d'Ulm en Allemagne.

– Comme Rommel[37] ne parle pas italien.

– Rommel !

– Je crois que je viens de comprendre le but de notre mission, Georges.

– Tuer Rommel ?

– Non. La veille du débarquement en Normandie, c'était l'anniversaire de l'épouse de Rommel, et à cause de cet événement il va passer à côté du débarquement des alliés.

— Exactement, mademoiselle Saintonge. Et nous pensons que l'uchroniste souhaite le mettre en courant de ce qui se trame sur les eaux de la Manche.

Blaustein, 5 juin 1944 18 h 45

Même si le voyage temporel revêt un aspect fantastique, emprunt d'une beauté indescriptible, ils n'ont de cesse d'espérer qu'il s'agisse du dernier.

Les rues de Blaustein sont pratiquement vides en cette fin de journée, alors que la lumière du Soleil brille encore. Ils sillonnent en silence les petites rues du quartier d'Herrlingen en direction de la demeure de Rommel.

Devant l'immense bâtisse, deux gardes sont en faction, Georges les interpelle.

---

[37] Erwin Rommel est un Generalfeldmarschall allemand de la Seconde Guerre mondiale, né le 15 novembre 1891 à Heidenheim et mort le 14 octobre 1944 à Herrlingen. Il est officier pendant plus de trente ans et sa carrière se déroule dans l'armée de terre allemande au service des régimes politiques qui se succèdent alors : Empire allemand, république de Weimar, Troisième Reich. N'ayant pas commandé de troupes sur le front de l'Est, il est réputé être l'un des rares généraux du Troisième Reich à n'avoir pas commis de crime de guerre ou de crime contre l'humanité.

– Guten Abend, wir sind zu Madame Rommels Geburtstag eingeladen.[38]

– Kannst du mir deinen Namen sagen ?[39]

– Kommandant Herbert Wolf.

– Und Sie, Frau ?[40] Demande-t 'il en s'adressant à Mélanie.

– Meine Frau ist Italienerin, sie spricht unsere Sprache nicht.[41]

Au même moment, elle reçoit une alerte sur le module qu'elle lit à haute voix.

– Il est déjà reparti, c'était encore un piège.

Les deux gardes se regardent interloqués, avant qu'ils ne réagissent, Georges les bouscule.

– Cours, je te rejoins !

Le temps que les deux soldats se ressaisissent, ils sont parvenus à s'échapper dans une impasse.

– C'était moins une.

– Ne perdons pas de temps, renvoie-nous dans le présent.

Blaustein, 30 octobre 2016 15 h 25

À peine sortent-ils du cul-de-sac qu'ils tombent nez à nez avec deux policiers allemands qui les interpellent ; la tenue SS de Georges n'étant pas du meilleur goût, ils sont emmenés vers les bâtiments de la police situés à quelques pas.

Sur le chemin, l'un des officiers aperçoit le module et demande à Mélanie de le lui donner. Elle lui tend avec un large sourire. Dès qu'il pose la main dessus, une forte décharge électrique le traverse et le projette contre son coéquipier. Mélanie et Georges profitent du contexte pour s'enfuir et retourner vers leur van de location.

---

[38] Bonsoir, nous sommes invités à l'anniversaire de madame Rommel
[39] Pouvez-vous m'indiquer votre nom ?
[40] Et vous, madame ?
[41] Ma femme est italienne, elle ne parle pas notre langue

Une fois à l'abri dans le véhicule, Mélanie appelle Herbert pour faire part de la situation.

–   Colonel…

–   … Il s'agissait d'un leurre, il est reparti par un vol privé vers les USA.

–   Vous n'avez plus qu'à le cueillir sur place.

–   Impossible, il est parti de l'Allemagne, nous n'avons aucune chance de savoir où il va atterrir.

–   Que faisons-nous ?

–   Vous prenez le premier vol pour Washington, nous aviserons sur place.

–   Et…

Herbert raccroche sans donner plus d'explications.

Dès leur atterrissage sur l'aéroport de Washington-Dulles, ils reçoivent un appel d'Herbert. L'uchroniste a activé son module, il se trouve à Cambridge dans le Massachusetts.

–   Connaissons-nous ses intentions ?

–   Les experts ont émis l'hypothèse qu'il devait s'agir des travaux de Percy Spencer à la compagnie Raytheon.

–   C'est l'inventeur du micro-ondes.

–   Exactement, mademoiselle Saintonge.

–   C'est l'une des sérendipités les plus connues, enchérit Mélanie.

–   Et nous craignons qu'il essaie de s'emparer de cette découverte afin d'en déposer le brevet.

–   Que faisons-nous ?

–   Un vol vous attend pour le Massachusetts.

Herbert raccroche sans saluer. Georges regarde fixement Mélanie.

–   Oui, je sais il ne t'a pas calculé.

–   Non, ça je m'y suis fait.

– Alors, c'est quoi ton problème ?

– Sérendipité !

– Ah. C'est une découverte qui a été faite au hasard. Tu sais comme la tarte Tatin.

– Oui, merci ma belle. Je ne suis pas si idiot que cela. Mais pourquoi sérendipité pour le micro-ondes ?

– Parce que Spencer l'a bien découvert par hasard. En étudiant la transmission par ondes, il avait laissé une barre de chocolat dans son laboratoire qui a fini par fondre sur l'effet des ondes.

– Comme quoi, ça se joue à rien.

– Bon, le cours d'histoire est terminé, nous avons un avion à prendre.

– Bien maîtresse.

– Idiot.

Cambridge - USA, 31 octobre 2016 11 h

Georges et Mélanie mettent pour la première fois le pied dans cette ville du Massachusetts. Ils ont l'impression d'avoir atterri dans la banlieue de Londres avec ses habitations en briques rouges. Mais ce qui fait la réputation de Cambridge, se sont ses célèbres centres universitaires : Harvard et le MIT (Massachusetts Institute of Technology).

– Nous sommes arrivés.

Ils descendent de leur taxi et font face à une vieille bâtisse dont l'enseigne semble avoir été atteinte par les intempéries, on arrive à peine à lire le nom de l'entreprise : Raytheon.

Ils font quelques pas vers l'entrée de la société et soudain Mélanie est prise de nausées. Georges est inquiet, d'autant qu'ils vont devoir enchaîner deux voyages en moins de 24 heures. Mélanie le regarde avec un petit sourire.

–   Ça va aller, ne t'inquiète pas.

–   Si je m'inquiète, ma belle.

–   Non, je t'assure, je vais déjà mieux.

–   Je…

–   … tais-toi, voici notre contact.

Le directeur a été prévenu de leur arrivée, Herbert a fait jouer ses relations pour qu'il fasse visiter les lieux à ses agents. Il est heureux de voir des ressortissants français, il a lui-même fait une partie de ses études en France, et est très fier de leur montrer sa maîtrise de la langue de Molière.

Après quelques minutes, Mélanie demande à leur interlocuteur si c'est bien dans ces locaux que Spencer a découvert le micro-ondes.

–   Vous avez raison, mademoiselle Saintonge. Souhaitez-vous que je vous montre la salle précise ?

–   Avec plaisir.

–   Suivez-moi, nous ne sommes pas très loin.

Georges avait convenu d'un message avec Herbert pour éloigner le directeur dès qu'ils seront près du but. Arrivé devant la porte du laboratoire, il lui envoie un SMS « Maintenant ! ».

–   Nous sommes arrivés…

Le portable du directeur se met à sonner.

–   Excusez-moi. Oui… très bien.

–   Rien de grave ?

–   Non, un imprévu à gérer. Je dois vous laisser seuls. Je vais en avoir pour plusieurs minutes, je vous envoie un collaborateur pour terminer votre visite.

–   Merci à vous.

Une fois le directeur parti, ils se préparent, boivent et disparaissent dans le passé.

Ils sont prêts à entrer, mais ne veulent pas attirer l'attention de Spencer. Georges met son oreille contre la porte, mais aucun bruit de voix.

– C'est étrange, je n'entends personne.

– Crois-tu que nous arrivions trop tard ?

– Comme les deux modules sont synchronisés, nous sommes censés atterrir à la même seconde.

Soudain, la poignée se met en mouvement, mais la porte ne s'ouvre pas. Une personne semble enfermée à l'intérieur. Mélanie et Georges se regardent dubitatifs. Au même instant, dans le couloir apparaissent Spencer et son collègue qui se dirigent vers eux, mais s'arrêtent dans le laboratoire précédent. Ils viennent de comprendre que le directeur s'est trompé de porte.

– Du coup, qui est enfermé ici ?

Ils réfléchissent quelques secondes et à l'unisson se répondent.

– Gérald !

– Il a probablement eu lui aussi la mauvaise information, et il s'est transporté directement dans le laboratoire.

– Je suis de plus en plus convaincu que le passé ne peut pas être changé, Mélanie. L'uchroniste ne peut pas avoir autant de malchance.

– Je suis d'accord avec toi.

– Attends ! Nous tenons là une chance de l'arrêter.

Des bruits se font entendre, Gérald chercher quelque chose pour ouvrir la porte. C'est une chance inespérée de le stopper, il suffit de le surprendre à la sortie et de l'assommer.

Les coups sur la porte attirent l'attention des soldats qui gardent le site.

– What are you doing here, who are you ?[42]

---

[42] Que faites-vous ici, qui êtes-vous ?

– We are scientists we work with Professor Spencer.[43]

Gérald reconnaît les voix et comprend qu'il est piégé. Il ne demande pas son reste et enclenche le module. Le bruit surprend les soldats, Mélanie et Georges en profitent pour s'enfuir. Ils trouvent un laboratoire vide et repartent à leur tour dans le présent.

Histoire : Bon anniversaire

Le 6 juin 1944, le jour du débarquement allié en Normandie, celui que Rommel nommera le jour le plus long, aura été le plus tragique pour le « renard des sables ». Ce jour-là, il se trouve en Allemagne. Après avoir étudié la situation météorologique, il estime que la tempête qui souffle sur la Manche rend impossible un débarquement alliés. Les prévisionnistes britanniques prévoient quant à eux une accalmie ce 6 juin, mais cela Rommel l'ignore. C'est donc serein qu'il prend quelques jours de permission et part en voiture pour l'Allemagne. Il compte se rendre d'abord à Herrlingen pour fêter l'anniversaire de sa femme et rencontrer Hitler le lendemain. Il veut convaincre le Führer de mettre à sa disposition deux divisions de panzers pour les déployer sur les côtes du Calvados. À l'annonce du débarquement, il rejoint le soir même son quartier général de la Roche-Guyon, sans avoir pu rencontrer Hitler.

Histoire : Micro-ondes

En 1945, Percy Spencer, un scientifique américain, travaillait à proximité d'un magnétron en activité, et rapidement, il ressentit une chaleur dans la poche de sa blouse. En regardant à l'intérieur, il s'aperçoit qu'une barre de chocolat avait fondu. C'est ainsi qu'il eut l'idée du micro-ondes pour cuire les aliments, les premiers d'entre eux furent des popcorns. L'histoire dit qu'il renouvela l'expérience avec un œuf qui explosa au visage de son collègue. Spencer dépose

---

[43] Nous sommes des scientifiques nous travaillons avec le professeur Spencer.

dès 1946 le premier brevet du micro-ondes qui sera commercialisé dès l'année suivante.

CHAPITRE 19 : NOUVELLE PROMESSE

Cambridge - USA, 31 octobre 2016 14 h

Mélanie et Georges viennent de réapparaître dans le couloir qu'a emprunté le directeur du site après avoir reçu son appel téléphonique.

– Mais… mais que faites-vous ici ?

La surprise est d'autant plus importante que pour lui il vient juste de les quitter.

– Euh… nous voulions absolument vous parler, et nous nous sommes dit qu'en passant par l'autre côté, nous vous rattraperions.

– C'est impossible, il y a un sas avec badge, sur le parcours.

– Nous avons beaucoup de chance, nous sommes passés en même temps qu'un des employés du site.

– Et il vous a laissé faire ? Décrivez-le-moi…

– … Non, monsieur le directeur, il n'a rien fait de dramatique. Nous ne voudrions pas qu'il ait des ennuis.

– Très bien, très bien. Je vais tout de même renforcer les consignes de sécurité. Mais que vouliez-vous me dire ?

– Nous avons reçu un appel, nous devons repartir en urgence.

– Rien de grave, j'espère.

– Nous ne le savons pas encore, nous verrons bien sur place.

– Je vois. Je vous raccompagne vers la sortie.

Une fois à l'extérieur, Mélanie se charge d'appeler un taxi, alors que Georges contacte Herbert pour lui faire part de la situation.

– Colonel, nous étions à deux doigts de l'arrêter. Nous n'avons pas pu profiter d'une erreur de salle.

– C'est dommage, mais l'étau se resserre, la prochaine sera la bonne.

Georges sourit en raccrochant, Mélanie le regarde bizarrement.

– Peux-tu m'expliquer cet air satisfait ?

– Pas pour l'instant, ma belle. Mais je pense que notre mission va bientôt être terminée.

– Tu me caches quelque chose, et je n'aime pas trop ça.

– Rassure-toi, je préfère ne rien te dire pour le moment. Il me reste un petit détail à régler à notre retour sur Paris, et je t'expliquerai tout.

– D'accord, mais je t'ai à l'œil, lui dit-elle avec un petit sourire.

Ils décident de passer la nuit sur Boston qui se trouve de l'autre côté de la rivière Charles. Mélanie a repéré un hôtel tout près de deux grands parcs, le Boston Park Plaza Hotel & Towers.

– Pas mal. Ça va encore coûter cher au SVT.

– Puisque tu m'as dit que nous en avons bientôt terminé, autant se faire plaisir.

– Tu as raison. Tiens, je vais de suite réserver une table dans leur restaurant.

Mélanie profite du dîner pour essayer de revenir sur le comportement étrange de son compagnon sur la mission du jour.

– Je te jure que tu sauras tout bientôt.

–   Je sais, je sais. Mais si la mission se termine, cela signifie que nous ne travaillerons plus ensemble. Nous continuerons à nous voir. Enfin, je l'espère.

–   Qu'est-ce que tu essaies de me faire comme chantage ?

–   Moi ? Non. Lui dit-elle d'un air sournois.

–   Tu sais très bien que je tiens énormément à toi, d'ailleurs…

–   … attention à ce que tu vas dire, je suis très sensible.

–   Je ne plaisante pas, Mélanie. Ces quelques mois ont totalement bouleversé ma vie. Et je ne parle pas seulement des voyages temporels.

–   Moi aussi.

–   Je ne pensais pas ressentir un jour de telles émotions avec une femme. Et je ne voudrais pour rien au monde que cela s'arrête.

–   Où veux-tu en venir ?

–   Mélanie Saintonge, veux-tu m'épouser ?

Elle reste figée, quelques larmes commencent à perler le long de ses joues. Elle lui prend les mains, puis finit par sortir quelques mots.

–   Oui, oui !

–   Elle a dit oui ! Elle a dit oui !

Les quelques clients du restaurant viennent de comprendre la situation et se mettent à applaudir.

La joie ne durera que quelques minutes, Mélanie reçoit un appel du colonel Herbert.

–   Bonjour, colonel…

–   … j'ai mis Wells aux arrêts.

Le visage radieux de Mélanie change d'aspect. Elle redoutait d'entendre cette phrase. Georges reprend la main.

–   C'est bien noté, colonel. Mais qui va assurer notre survie technique ?

–   J'ai passé un accord avec le professeur. Il est assigné à résidence au SVT, sans aucun moyen de communication, sauf avec moi.

–   Très bien.

Une fois la conversation terminée, Georges tente de réconforter sa compagne.

    – Tout est bientôt fini, ma belle. Fais-moi confiance.

    – En es-tu certain ?

    – Oui. Wells sera présent à notre mariage, je te l'assure.

Mélanie lui sourit.

Plusieurs semaines se sont écoulées depuis leur retour sur Paris, aucune nouvelle de l'uchroniste, probablement échaudé par la dernière mission. Tout le monde est sur le qui-vive, ce silence n'a rien de rassurant.

Paris 1ᵉʳ arrondissement, 20 novembre 2016 12 h

    – Tu ne m'as toujours pas dit ce que tu tramais depuis notre mission aux États-Unis, je pense avoir été patiente.

    – Je te le concède. Mais j'ai besoin d'un dernier élément avant de tout te dire. Et je dois t'avouer que je commence à trouver le temps long.

    – J'imagine que c'est une réaction de Gérald que tu attends.

    – En partie.

    – Que veux-tu dire ?

    – Le mobile.

    – Tu veux dire, la raison qui le pousse à tout ceci ?

    – Parfaitement. Je ne parviens pas à remettre toutes les pièces du puzzle ensemble. Rien que le but. Est-ce qu'il souhaite s'enrichir sur un brevet volé dans le passé ? Est-ce qu'il souhaite prouver sa théorie que le futur peut-être changé ?

– Les deux se rejoignent. Pour être certain de récupérer les bénéfices des brevets, il faut pouvoir changer le passé et donc l'avenir.

– Oui, mais toutes ses voyages sans but apparent.

– Nous éliminer.

– C'est vrai, mais repense à 1793.

– Tu as raison. Et il y a cette phrase qu'il m'a dite : « Tu es loin de la vérité ».

– Du coup, j'imagine que tu as une théorie.

– Ce n'est pas l'uchroniste le cerveau, c'est son complice.

– Tu veux dire que Gérald ne serait pas le commanditaire.

– Exactement, je pense même qu'il est une marionnette depuis le début.

– Mais, alors que cherche le commanditaire ?

– Je ne sais pas, peut-être prouver que la théorie du paradoxe est vraie.

– Quitte à se tromper et changer l'histoire ?

– Tu comprends maintenant le petit élément qu'il me manque avant de te dévoiler mon plan d'attaque.

– Nous devons rendre visite au professeur Wells, peut-être pourra-t-il nous aider ?

– Tu veux surtout voir s'il est bien traité.

– C'est vrai.

Ils prennent la direction vers le SVT, bien décidés à faire entendre raison à Herbert. La discussion est houleuse.

– Vous ne pouvez pas le retenir comme un vulgaire prisonnier !

– En êtes-vous certaine ? Posez la question à votre coéquipier.

– Il a raison. C'est tout à fait légal. L'armée a cette possibilité.

– Qui plus est, il n'est pas prisonnier, mais assigné à résidence dans son laboratoire.

– Quelle différence ? Au moins en prison, j'aurai un droit de visite.

– Mélanie est dans le vrai, colonel.

- Quinze minutes. Je vous laisse quinze minutes. Mais sachez que tout sera filmé et enregistré.
- N'oubliez pas que sans ma collaboration, la mission ne peut se poursuivre.
- Souhaitez-vous que je vous mette parmi les suspects, mademoiselle Saintonge ?
- Calmons-nous. Je crois que les conditions du colonel sont honnêtes, Mélanie. Allons voir Wells.

Un soldat ouvre la porte fermée à clef. En pénétrant dans le bureau, ils observent de dos le professeur semblant plongé dans une lecture importante.

- Bonjour professeur.

En se retournant, il aperçoit Mélanie accompagnée de Georges.

- Que je suis heureux de te voir ma petite, lui dit-il en l'enlaçant tendrement.

Georges le salue chaleureusement, en lui rappelant qu'ils sont filmés.

- Comment allez-vous ? Êtes-vous bien traité ? Vous mangez à votre faim ?
- Mélanie, laisse-le répondre.
- Tout va bien, rassure-toi. Même si je ne comprends pas réellement ce qui m'arrive.
- Ils vous croient coupable de trahison.
- Vous savez tous les deux que c'est totalement faux.
- Nous faisons tout ce qui est en notre pouvoir pour convaincre Herbert qu'il se trompe, précise Georges en regardant la caméra.
- Mais toi, ma petite, comment va ta santé ? Toujours des nausées ?
- De temps à autre.
- Il faut que vous arrêtiez les missions, tant que ces nausées n'auront pas cessé.
- Impossible, insiste Mélanie, nous devons vous innocenter, nous devons aller jusqu'au bout.

–   D'ailleurs, demande Georges, que va-t-il advenir une fois que le passé aura rattrapé le présent ?

–   Les modules se désactivent.

–   Par conséquent, la mission sera terminée. Il est donc inutile de vouloir rattraper Gérald.

–   Tu oublies un détail, ma belle, lui répond Georges.

–   Lequel ?

–   Si l'uchroniste a toujours le module en main, il pourra revendre la technologie à de mauvaises personnes.

–   Georges a malheureusement raison, ma petite.

–   L'horloge tourne. N'aurais-tu rien de plus réjouissant à annoncer au professeur ?

À l'annonce du mariage, Wells prend Mélanie dans les bras et la félicite chaleureusement.

–   Je suis vraiment heureux pour tous les deux.

–   J'ai une requête particulière à vous demander.

–   Je t'écoute.

–   Vous savez que mes parents sont souvent absents… ils ont des priorités autres que leur propre fille.

–   Ne dis pas cela, ma petite. Tu sais qu'ils t'aiment.

–   Oui, mais à leur manière. C'est pour cela que j'adorerai que vous m'accompagniez à mon mariage, s'ils n'étaient pas présents ce jour-là.

–   Avec grande joie.

Herbert frappe à la porte en indiquant que la visite est finie. Mélanie et Georges sortent en disant au revoir à Wells d'un air triste. Une fois à l'extérieur, Herbert fulmine.

–   C'est quoi ce mariage ?

–   Seriez-vous jaloux ? Plaisante Georges. Vous voudriez m'accompagner jusqu'à l'autel ?

–   C'est ridicule !

–   Je voulais vous dire un grand merci, colonel.

–   Pour quelle raison ?

–   Sans vous, je n'aurais jamais rencontré Georges.

–   Cela suffit ! Et quand cesserez-vous de croire à l'innocence de Wells ?

–   Pour le moment, c'est effectivement le coupable parfait, indique Georges. Mais qui sait…

CHAPITRE 20 : MAUVAIS HORAIRE

Paris 7ᵉ arrondissement, 20 novembre 2016 17 h 20

Mélanie et Georges se dirigent vers la sortie du SVT en traversant le long couloir, ils sont alors interpellés par Bellanger.

— Nous avons un signal de l'uchroniste.

Le colonel Herbert aperçoit, au loin, leur discussion et se précipite vers eux, de nouveau agacé.

— Bellanger ! Je suis le seul vers qui les informations doivent passer ! Je dois être le seul interlocuteur avec nos alithochronistes !

— Bien sûr, colonel. C'est juste qu'ils se trouvaient devant moi…

— Je ne veux pas le savoir !

— Colonel, nous perdons du temps, lui indique Georges.

— …

— Secouez-vous Bellanger ! Qu'avez-vous appris !

— Il est sur Paris.

— Sur Paris ? Et, où exactement ?

— Près de l'hôtel de Brienne dans le 7ᵉ arrondissement.

– Ici ? Il ne manque pas d'air.

– Pensez-vous qu'il vienne se rendre ? Demande Mélanie.

– Je ne crois pas. Il doit avoir élaboré un plan depuis ces quelques semaines de silence.

– Connaissons-nous la date ?

– Cela vient de tomber : le 16 avril 1961

– Une idée de l'objectif, demande Georges.

– La Baie des Cochons, précise Mélanie.

– Vous vous trompez d'une journée, mademoiselle Saintonge.

– Ça ne colle pas. Que ferait-il à Paris ?

– Je pense que mademoiselle Saintonge a raison, indique Bellanger.

– Nous vous écoutons.

– Nous savons que l'uchroniste cherche systématiquement à modifier un détail, parfois méconnu, de l'histoire.

– Oui, et alors ?

– Dans la crise de Cuba, il y a bien un détail qui a tout fait capoter.

– Lequel ?

– Je pense que mademoiselle Saintonge saura mieux vous l'expliquer que moi.

– L'invasion de Cuba devait avoir lieu le 17 avril, l'intervention des forces militaires terrestres et aériennes avait été préparée avec minutie, sauf que l'aviation américaine partait du Nicaragua. Le décalage horaire d'une heure entre les sites n'a pas été pris en compte, les B-26 sont arrivés en retard. La mission fut un fiasco retentissant.

– Alors pourquoi ici ?

– Parce qu'en 1961, il est assez aisé de contacter les autorités américaines de ce site, répond Herbert.

– Super ! Alors, ne perdons pas de temps.

– Allez vous mettre dans la petite cour, ainsi vous serez déjà dans le bâtiment.

Arrivé à l'extérieur, Bellanger leur tend une bouteille à chacun. Le colonel Herbert leur précise de se positionner près du grand chêne, déjà présent en 1961, afin d'éviter de tomber sur un obstacle dans le passé.

Paris 7e arrondissement, 16 avril 1961

Les magnifiques lumières du voyage temporel passées, Mélanie et Georges se retrouvent un genou à terre, et dans l'obscurité.

 — C'est quoi ce bazar ?

 — J'ai l'impression que nous sommes enfermés dans une salle.

 — Nous n'étions pas censés atterrir au milieu d'une cour ?

 — Attends. Je crois avoir une alerte sur le module… je ne vois rien.

Georges approche la lumière de son téléphone portable.

 — C'est mieux, merci. Non !

 — Quoi ?

 — C'est encore un piège, il est reparti.

 — Je crois que nous ne sommes plus loin de la vérité, ma belle.

 — Je ne serais pas aussi enthousiaste que toi. Nous devons sortir rapidement d'ici.

Georges fouille à tâtons, dans ce qui ressemble à un cabanon.

 — Ceci devrait faire l'affaire.

Effort vain, la cabane est en acier.

 — Pourquoi nous embêter à sortir, appuie sur le module.

 — Impossible, cela ne fonctionne pas !

 — Pourquoi ?

 — La cabane fait comme une cage de Faraday, et comme me l'a expliqué le professeur, la machine puise une partie de son énergie de l'extérieur. Et là, rien ne peut entrer.

 — Il a pensé au moindre détail cette fois-ci… mais, nous pouvons recevoir des alertes.

 — Apparemment oui. Mais, nous ne pouvons pas communiquer avec le présent… Georges, je dois te dire qu'il y a plus grave.

 — Plus grave ?

– Si nous ne sortons pas, nous risquons de disparaître.

– Que veux-tu dire par là ?

– Nous ne connaissons pas les effets sur l'homme de rester longtemps dans le passé… nos expériences sur les souris n'ont pas dépassé cinq heures.

– Et ?

– … elles sont revenues mortes.

– Nous sommes dans de beaux draps.

– Je ne veux pas mourir ici, Georges, je veux me marier avec toi.

– C'est bien mon intention aussi… attends, tu connais la légende du rasoir d'Ockham, ma belle ?

– C'est la théorie selon laquelle la solution la plus simple est toujours la meilleure…

– Exactement.

– Mais, quel rapport avec notre survie ?

– Mets-toi sur le côté.

Georges recule au fond du cabanon, s'élance de toutes ses forces contre la porte en métal, et fait céder le penne… ils sont libres.

Soulagée d'être dehors, Mélanie embrasse fougueusement son compagnon.

- Maintenant, nous pouvons y aller.

Paris 7ᵉ arrondissement, 20 novembre 2016 18 h 5

À leur retour dans le présent, Mélanie est prise d'une forte nausée. Georges l'aide à se relever.

– Ça va aller… il est vraiment tant que tout ceci s'arrête.

– Demande à voir Wells et trouve une excuse pour qu'Herbert soit présent avec toi, si ça le rassure.

– Pourquoi ?

– Je te préciserai tout lorsque tu sortiras du bureau du professeur. Fais-moi confiance.

Ils se dirigent immédiatement vers la pièce des experts, où se trouve le colonel, surpris de les voir.

– Pouvez-vous nous expliquer ce qu'il s'est passé ?

– Il doit s'agir encore d'un leurre pour aller ailleurs plus rapidement… il cherche à nous embrouiller.

– Je ne parlais pas de cela, colonel, mais du cabanon.

– Quel cabanon ?

– Celui qui était présent en 1961.

– Je ne comprends rien à ce que nous me racontez.

– Et où est-il maintenant ? demande Mélanie en se tenant le ventre.

– Le dernier signal se perd dans le centre de la capitale… que vous arrive-t-il vous avez l'air de souffrir ?

– Je dois voir le professeur Wells.

– Non, impossible !

– Il faut absolument que je lui parle de mes nausées, cela devient de plus en plus inquiétant.

– Que vous risquez-vous, colonel ? Tout est filmé et vous écouterez à distance leur conversation.

– À moins que vous craigniez que je lui glisse un mot.

– C'est une éventualité.

– Dans ce cas, le plus simple serait que vous restiez avec moi dans son bureau.

Piqué au vif, Herbert accepte la requête.

– C'est ce que je vais faire. Venez avec moi. Quant à vous, restez ici et attendez notre retour.

Dès que le colonel et Mélanie entrent dans le bureau du professeur Wells, Georges et Bellanger se mettent à l'écart.

– Je dois vous parler.

– Mais le colonel…

– … je vous en prie Bellanger, c'est d'une importance capitale.

Le sergent-chef écoute avec attention son interlocuteur et semble abasourdi de ce qu'il entend.

– Vous vous rendez compte de ce que vous me demandez, commandant.

– Il en va de la vie de beaucoup de personnes, Bellanger.

– Je vais réfléchir… je ne vous promets rien…

– Je sais que vous prendrez la bonne décision, mon ami.

Mélanie et Herbert ressortent du bureau.

– Alors que t'a dit Wells ?

– Je t'en parlerais plus tard.

Avant de partir, le colonel tape sur l'épaule de Georges avec un sourire inhabituel.

– Vous êtes foutu mon vieux.

– Comme… comment ça ?

– Elle vous le dira elle-même. Ah ! Ah ! Ah !

Il est à la fois apeuré et soulagé par ce rire étrange. Il pensait avoir été grillé, mais si tel avait été le cas, il l'aurait arrêté sur le champ.

Ils repartent tous les deux. Mélanie semble ailleurs et son compagnon est tout de même dans l'angoisse de ce que va lui dévoiler sa coéquipière.

Histoire

En 1961, les États-Unis avaient mis au point un plan pour envahir la Baie des Cochons à Cuba, dans le but de renverser Fidel Castro. L'invasion devait avoir lieu au sol avec un soutien aérien, dont notamment des B-26 dépêchés pour cette mission. Malheureusement, les avions arriveront sur place avec une heure de retard. Kennedy avait autorisé six avions de chasse à décoller pour défendre l'arrivée des B-26 qui partaient du Nicaragua. À cause du retard, les avions de chasse ont été abattus par les Cubains. Le Pentagone avait oublié de prendre en compte le décalage horaire entre Cuba et le Nicaragua lors de la synchronisation de l'attaque.

CHAPITRE 21 : SURPRISE

Paris 7ᵉ arrondissement, 20 novembre 2016 18 h 30

Le retour en voiture est silencieux, chacun restant figé dans l'attente de la suite.

—   Arrête-moi à la pharmacie.

—   Veux-tu m'expliquer ?

—   Je te dis tout d'ici une heure.

—   Rien de grave, j'espère.

—   Je te laisserai juger.

Au bout de quelques minutes, Mélanie sort de l'officine, un petit sac à la main. Arrivée à l'appartement de Georges, elle se précipite dans les toilettes.

—   Mélanie, ça va ?

Georges n'obtient aucune réponse, il commence à être très inquiet. Sa compagne sort au bout de 10 minutes, un test de grossesse à la main.

—   Je suis enceinte.

À cette nouvelle, Georges s'effondre dans son fauteuil.

—   Tu m'en veux ?

– Pas du tout, pourquoi je t'en voudrais ?

– J'attends un enfant de toi…

– … mais, mais, c'est formidable ! Tu n'imagines pas l'angoisse que j'avais.

– Tu es content, alors ?

– Plus que tu ne l'imagines, nous allons nous marier et je vais être papa… mais… toi qu'en penses-tu ?

– Je crois que je suis la plus heureuse du monde.

Ils se prennent dans les bras, les yeux emplis de larmes de joie.

– Je comprends mieux tes nausées.

– Cela doit faire peu de temps, cela ne se voit pas.

– En même temps, tu dois être entre le premier et le deuxième mois.

– C'est vrai, suis-je bête.

– Que t'a dit Wells exactement.

– C'est qu'il ne voyait qu'une seule raison, la plus simple, que je sois enceinte.

– Notre fameux rasoir d'Ockham.

– Il a insisté pour que je te dise que tu étais un type bien.

– Sacré Wells ! Mais, pour les voyages temporels, il faut arrêter.

– Non, je ne suis qu'au début, il n'y a pas de risque. La seule chose que j'ai à faire pour le moment, c'est prendre un rendez-vous chez le gynéco.

Paris 10ᵉ arrondissement, 22 novembre 2016 10 h

Les futurs parents traversent le boulevard Magenta main dans la main. Ils ont passé ces dernières 48 heures à faire des plans pour l'avenir ; la date du mariage, le sexe de l'enfant, les prénoms. Oubliant durant deux jours les voyages temporels.

– C'est ici.

Ils sont accueillis par une jeune femme très élancée, sa blouse blanche ne fait peu de doute… ils sont au bon endroit.

– Docteur Marinet, demande Georges légèrement angoissé.

– Vous êtes le père, j'imagine.

– J'espère, dit-il en souriant.

– Suivez-moi, je vous en prie.

Ils pénètrent dans le petit cabinet où ne trônent qu'un siège et une table d'auscultation.

– Allongez-vous, mademoiselle Saintonge.

Alors que la gynécologue passe la sonde sur le ventre de Mélanie, Georges observe avec attention les premières images qui apparaissent à l'écran.

– Vous m'avez dit être enceinte de moins de deux mois, demande le médecin, l'air interloqué.

– Euh, oui. Pourquoi ?

– Vous vous êtes un peu trompé, Mélanie.

– De beaucoup ?

– Vous êtes entre le 5e et le 6e mois.

– C'est impossible !

Georges regarde Mélanie, interrogatif.

– Je t'assure que c'est impossible. Je n'ai eu aucune relation pendant des mois avant toi.

– Crois-tu que nos missions pourraient avoir perturbé…

– … quel genre de mission ? demande le médecin.

– Ce serait difficile, incompréhensible et dangereux à expliquer, répondent-ils en cœur.

– Je vois. Secret défense.

– Oui. Comment se porte le fœtus ?

– Il m'a l'air en pleine forme, bonne taille, les constantes sont parfaites.

– Pouvons-nous faire un test génétique pour confirmer que Georges est bien le père ?

– C'est en général l'homme qui fait cette requête habituellement.

– Je n'en ai pas besoin, Mélanie. Je te crois.

– Je sais, mais avec nos missions… enfin, tu vois. Je veux en avoir le cœur net.

– Je passe un coup de fil au laboratoire d'analyse. Vous leur ramènerez les échantillons que je vais vous prélever. Vous obtiendrez les résultats en une heure.

Georges est le premier à passer pour une prise de sang.

– Asseyez-vous, et remontez votre manche.

Il s'exécute et le médecin lui enfonce l'aiguille dans la veine céphalique.

– Vous travaillez également pour les services spéciaux ?

– Comment croyez-vous que je puisse vous obtenir un rendez-vous rapide pour vos analyses ?

– Effectivement.

– Vous ne pourriez pas m'en dire un peu plus sur votre étrange mission ?

– Vous pensez très bien que nous savons garder un secret et faire taire les curieux.

– Euh… non… je…

– Je plaisante, docteur.

Vient le tour de Mélanie, la gynécologue lui enfonce une aiguille dans l'abdomen afin de lui prélever du liquide amniotique. Elle colle une étiquette sur les deux échantillons, inscrit le contenu et le nom des donneurs, puis les enferme dans une boîte de transport prévue à cet effet.

– Voici pour vous. Faites attention à ce que la boîte reste bien scellée durant le transport. Voici l'adresse. C'est à deux pas d'ici. Vous pouvez vous y rendre à pied.

– Merci pour votre aide, docteur.

Le laboratoire ne se situe qu'à dix numéros du cabinet de gynécologie. Georges tient précieusement la boîte d'échantillons. Il ne voudrait pas fausser les résultats.

– Tu sais qu'il y a forcément une explication, ma belle.

– Je suis certaine que tu es le père.

– Rassure-toi, Mélanie. Je te crois.

– Le 33, nous sommes arrivés.

En entrant, ils prennent conscience qu'ils sont dans un laboratoire dépendant du ministère de l'Intérieur ; un garde armé se tient près de l'accueil.

– Nous venons de la part du docteur Marinet.

– Nous vous attendions. Donnez-moi les échantillons.

– Les voici.

– Tout me parait en état. Patientez ici, nous en avons pour moins d'une heure.

L'attente leur paraîtra bien plus longue que la réalité. Ils angoissent, se posent des questions sur le pourquoi, le comment de la situation. Au bout de cinquante minutes, le calvaire cesse avec le retour de la laborantine souriante.

– Félicitations commandant Magellan. Vous êtes l'heureux papa d'une jeune fille.

Mélanie et Georges se prennent dans les bras, soulagés par les résultats.

– Je le savais, je le savais, j'en étais certain !

– Maintenant, il va nous falloir des explications.

– Allons voir Wells.

Avant de partir, Georges embrasse la jeune laborantine pour la remercier.

– Je crois qu'il est content, lui dit Mélanie en se dirigeant vers la sortie.

Une fois dans la rue, Georges s'empresse d'appeler Herbert pour lui demander l'autorisation de voir le professeur.

– Il n'en est pas question. Je vous laisse trop de liberté avec cet homme !

Mélanie prend le téléphone de son compagnon, très remontée.

– Je viens d'apprendre que j'étais enceinte, et visiblement les voyages dans le temps ont affecté mon fœtus ! J'ai besoin d'avoir des explications !

À l'autre bout du fil, le colonel est silencieux pendant plusieurs secondes.

– Colonel ?

– Très bien, j'accepte. Mais, ce sera la dernière fois.

Paris 5ᵉ arrondissement, 22 novembre 2016 14 h 15

Herbert accueille ses alithochronistes avec le visage fermé et un ton égal à sa bonne humeur.

– Pas plus de dix minutes.

Mélanie et Georges pénètrent dans le bureau de Wells. En voyant ses visiteurs, il s'empresse de prendre sa protégée dans les bras.

– Professeur, je suis tellement heureuse de vous revoir.

– Je t'en prie, ma petite. Appelle-moi Henri. Depuis le temps que nous nous connaissons, je crois que professeur n'est pas fait pour les proches.

Wells reprend un air triste.

– Je crains qu'il me soit compliqué d'être présent à votre mariage mes amis.

– Ne dites pas cela, tente de le rassurer Georges. Une fois la mission terminée, tout reviendra dans l'ordre.

– Dis-moi plutôt, ma petite. Es-tu enceinte ?

– Oui, nous allons être les parents d'une petite fille.

– Comment peux-tu déjà connaître le sexe de ton enfant ?

Mélanie lui explique en détail la matinée qu'ils viennent de passer. Le professeur est d'abord très étonné, puis réfléchit quelques minutes.

– Mais, bien sûr ! Vous vieillissez !

– Ça, nous le savions déjà, Henri.

– Non, je parle du vieillissement dû aux voyages temporels.

– Comment ça ? Et de combien ?

– Rassure-toi, Mélanie. Il ne s'agit que de quelques jours à semaine à chaque voyage, c'est pour cela que vous ne voyez pas de différence. Mais, imagine pour votre petite… quatre mois de plus !

– Mais… mais, le processus va s'arrêter ?

– Il n'a lieu que durant les voyages.

– Nos missions ne sont-elles pas trop dangereuses, maintenant, pour Mélanie et la petite ?

– Pas plus que pour une femme enceinte qui continue de travailler jusqu'au 9e mois. Pour votre future fille, je dirais qu'il ne faut pas faire plus de trois ou quatre voyages, si tu ne veux pas accoucher avant ta propose naissance.

– Je ne le souhaite pas trop.

– Je suis d'accord avec Georges, il faut que tu cesses rapidement ses missions, ma chérie.

– Je vais y réfléchir. Dites-moi, plutôt, pourquoi cela ne se voit pas que je suis à 5 mois ½ ?

– Es-tu certaine de ne pas avoir un peu grossi ?

– Je dois l'avouer, mais pas tant que cela, répond Mélanie en rougissant. Ce que je ne m'explique pas, c'est que mon ventre n'est pas arrondi.

– Chez certaines femmes, le bébé se met plutôt sur la largeur. Ce doit être ton cas.

Une voie sortant d'un haut-parleur se fait entendre.

– La visite est terminée, sortez !

Henri embrasse Mélanie et salue Georges, puis lui parle à l'oreille, hors de la vue des caméras et des micros.

– Mélanie ne devrait plus faire de voyage temporel.

– Il ne lui en reste plus qu'un seul à faire, lui répond Georges.

À peine ont-ils franchi le seuil de la porte, qu'ils sont interpellés par le colonel Herbert.

– Vous nous mettez dans une drôle de situation Saintonge !

– Je vous remercie, la maman se porte bien.

– Oui… bien sûr… je suis content pour vous. Mais…

– … je vous rassure tout de suite, je compte bien poursuivre les
missions afin de prouver l'innocence d'Henri.

À ces mots, elle ne demande pas son reste et s'en va.

– Je vous souhaite bon courage avec celle-ci, Magellan.

– Je ne pense pas, non. En revanche, je crois qu'elle a omis de vous
dire que vous n'étiez pas invité au mariage.

– Vous pourrez lui dire qu'il y a peu de chance que Wells le soit
aussi.

– Nous verrons, colonel, nous verrons…

Georges rejoint Mélanie encore agacée de l'attitude d'Herbert.

– Dis donc, tu lui en as mis une bonne, ma belle.

– Il m'énerve ce type.

– Je lui ai dit qu'il n'était pas invité au mariage. J'ai bien fait ?

Mélanie lui sourit et le prend dans ses bras.

– Je suis inquiet pour Henri, Georges.

– Ne le sois pas. Je suis certain que nous allons bientôt prouver son
innocence.

– Tu m'as l'air bien sûr de toi.

– Fais-moi confiance, lui répond-il avec un clin d'œil.

CHAPITRE 22 : LA CHUTE

Paris 1er arrondissement, 23 novembre 2016 11 h 30

Le lendemain matin, Georges tourne en rond dans son salon, il a l'air anxieux. Au bout de quelques minutes, un appel vient le soulager. Mélanie sort de la cuisine, son téléphone à la main.

- Nous avons notre nouvelle mission !
- Laisse-moi deviner… Berlin… palais de la République le 10 novembre 1989.
- … Explique-moi… Tu n'es pas le…
- … le complice ? Non ! Mais, je l'ai piégé.
- Qui est-ce ?
- Herbert !
- J'en serais ravi, mais comment peux-tu l'affirmer ?
- Quelques attitudes, quelques réflexions m'ont mis le doute quant à son implication. Je lui ai tendu un piège une première fois, en lui fournissant une fausse information dont s'est servi l'uchroniste.
- Quelle information ?

– Souviens-toi que le directeur du Massachusetts nous avait indiqué la mauvaise salle. En réalité, c'est moi qui lui ai fait souffler cette fausse information, qu'Herbert s'est empressé de redonner à Gérald.

– Et Berlin ?

– J'ai mis Bellanger dans la confidence qui a envoyé un message directement sur le canal du module en signant H, afin qu'il aille à l'endroit et à la date que j'ai choisie.

– Tu es un génie, mon chéri ! lui dit-elle en l'embrassant. Et que faisons-nous maintenant ?

– Nous ne sommes pas trop pressés, tant que nous ne sommes pas partis, il ne peut revenir.

– Exact.

– J'ai un coup de fil à passer au ministère. Un ami attend mon appel avec impatience pour coincer Herbert.

Georges prend son téléphone portable avec un large sourire.

– Oui, c'est moi.

– ...

– Le piège est en marche.

– ...

– Très bien, je vous attends à Berlin vers 15 h.

– ...

– Moi aussi, à tout à l'heure.

Il raccroche, puis prend les mains de Mélanie.

– Maintenant, préparons-nous. Nous avons un jet qui doit nous attendre...

Berlin, 23 novembre 2016 15 h

Ils arrivent en taxi sur le lieu du rendez-vous ; le palais de la
République. Il n'existe plus, le bâtiment ayant été détruit en 2008. Alors
qu'ils descendent du véhicule, des hommes s'approchent d'eux.

    — Voici l'ami dont je t'ai parlé, Mélanie.

    — Bonjour Colonel Martins.

    — Je vous en prie, Mélanie. Appelez-moi Luc.

    — Si j'ai bien tout compris, vous étiez dans le même bataillon que
Georges.

    — C'est exact, nous avons débuté ensemble à la Grande Muette.
Mais, je tenais à vous féliciter, d'une part pour avoir accepté de
supporter ce gars pour de longues années, mais surtout pour le
futur heureux évènement.

    — Merci, Luc.

    — J'avoue que cette histoire de voyage dans le temps m'a inquiété
sur ton état de santé, mon vieux. Mais, j'ai pu me renseigner et
voir que tu disais vrai.

    — Je ne te refais pas le topo ? Je pense que tout est cadré de ton côté.

Mélanie intervient pour essayer de comprendre le lieu et la date
choisie. Georges lui explique qu'il s'agit de la fameuse conférence de
Schabowski du Politburo qui s'embrouille sur les nouvelles règles de
voyage entre les deux Allemagne, ce qui va engendrer la chute du mur
de Berlin.

    - Mais… c'est le 9 que Schabowski fait sa conférence !

    - Exactement, c'est pourquoi je l'ai envoyé le 10… c'est trop tard
pour modifier le sens de l'histoire.

    - Tu es vraiment une crapule, Georges. Mais, j'y pense, les
hommes du SVT sont dans la confidence ?

    - Luc les a intercepté et leur a fait comprendre qu'ils devaient
collaborer avec nous ou ils risquaient d'être tenus pour complice.

    - Je vois qu'aucun détail n'a été omis.

-   À ton tour, Mélanie. Tu vas donc partir seule pour cette dernière mission. Ne prends aucun risque et fais précisément ce que je vais te dire.

Georges explique à sa coéquipière, l'enchaînement des évènements et les différentes options qu'elle devra appliquer sur place suivant les réactions de Gérald.

–   Je vois que tu as étudié en long et en large toutes les possibilités, mon vieux.

–   J'ai appris énormément sur ma proie pendant ces quelques mois.

–   Et vous, Mélanie. Vous sentez-vous prête ?

–   J'ai hâte. Je sais que tout va bientôt être terminé. N'oublie pas notre promesse, mon amour.

–   Je la tiendrais. En attendant, ne faites pas de bêtise toutes les deux, lui dit-il en lui touchant le ventre.

Deux hommes du colonel Martins arrivent vers le petit groupe.

–   Nous avons repéré la voiture de la cible.

–   Magnifique. Maintenant, c'est à vous de jouer, Mélanie.

–   Tu sais ce qu'il te reste à faire, ma chérie.

–   Oui.

Mélanie se positionne à l'endroit précis indiqué par Georges. Comme convenu, elle attend dix minutes, le temps que tout le monde se mette en place, et surtout afin de prendre en compte les cinq minutes du retour.

Le moment est venu. Elle vide sa bouteille d'eau, et appuie sur le module. Il est 15 h 35.

Berlin, 10 novembre 1989 18 h 30

À peine a-t-elle posé un genou à terre, qu'elle est prise d'une forte nausée.

–   Ce n'est pas le moment de flancher, ma grande.

Elle marche en direction du lieu indiqué par Georges. Ses jambes tremblent, malgré la fraîcheur de cette soirée d'automne, elle ressent une vive chaleur.

— Ce n'est rien. C'est probablement les hormones.

Alors qu'elle tente de se rassurer, elle aperçoit au loin une silhouette. Il s'agit bien de Gérald. Elle est prise d'une angoisse, et si elle ne réussissait pas… Elle continue à avancer lentement… Gérald la repère.

— Où est l'autre imbécile ?

— Il ne devrait pas tarder. Tout est fini, Gérald !

Il regarde autour de lui, et s'approche de Mélanie.

— Reste où tu es !

— Aurais-tu peur de moi, ma belle ?

— Ne m'appelle pas comme ça, je ne t'appartiens pas !

Gérald se précipite vers elle, une arme à la main. Il lui attrape le bras.

— Maintenant, c'est vraiment fini ! Tu repars avec moi !

— Non ! Georges !

— Trop tard ! Tu le retrouveras en 2016… à 70 ans. Ah ! Ah !..

Ils disparaissent dans un bruit de détonation.

Berlin, 23 novembre 1989 15 h 30

Mélanie est toujours tenue par le bras par l'uchroniste, une arme contre le dos.

— Avance !

— Où allons-nous ?

— Tais-toi ! Avance !

Au même moment, le colonel Martins reçoit un message au talkie.

— Cible en approche.

— Je crois que ton plan fonctionne à merveille, mon vieux.

— Sont-ils tous les deux ?

— Affirmatif, répond le soldat en éclairage.

— Tu vois, ta mission est un succès.

— À toi de la terminer en beauté, colonel.

– Ait confiance, l'effet va être immédiat.

– Ils arrivent !

Martins épaule son fusil, et vise en direction de Gérald et Mélanie.

– Fais gaffe, Luc !

– Est-ce que tu m'as déjà vu rater une cible ?

À peine termine-t-il sa phrase qu'il appuie sur la gâchette. Une flèche hypodermique atteint Gérald à la cuisse. Il ne peut réagir et tombe comme une masse. Georges se précipite vers Mélanie et la prend dans ses bras.

– C'est fini, ma chérie ! C'est fini !

– Le module ! je dois lui récupérer le module !

Gérald encore sous l'effet du puissant sédatif ne réagit pas lorsqu'elle lui prend l'appareil de la poche.

– Il faudrait lui ôter sa puce.

– Caporal, à vous de jouer.

Une jeune femme s'approche, et à l'aide d'un scalpel, retire la puce en quelques secondes.

– Même ça, tu l'avais prévu.

– Dans les moindres détails, dit-il avec un large sourire.

– Oh ! J'ai senti quelque chose, dit-elle en se touchant le ventre.

– Elle a encore vieilli. Mais, maintenant, c'est terminé. Un jour restera un jour.

L'uchroniste commence à se réveiller doucement, l'air hagard.

– Quoi ? Que...

– Eh bien, mon vieux. On ne sait plus où on habite ?

Il se débat comme il peut, mais des menottes lui entravent les poignées à l'arrière du dos. Georges se délecte de la situation. Il s'empresse de lui expliquer comment ils l'ont piégé.

– Tu n'as rien compris ! Ce n'est pas fini !

– Nous verrons bien.

Mélanie active tous les systèmes de sécurité afin de pénétrer dans les bureaux du SVT. Le soldat en faction à l'entrée du bâtiment est frappé par le nombre de personnes qui suivent la jeune femme ; une dizaine d'hommes encerclant un individu menotté. Le groupe s'approche du fond du couloir où se situe le bureau des experts, Georges ouvre violemment la porte.

– Bonjour à tous ! Nous avons une surprise pour vous !

Herbert se retourne énervé, puis son visage devient livide lorsqu'il aperçoit la silhouette de l'uchroniste. Il prend panique et menace de son arme l'un des experts postés près de lui.

– Lâchez votre arme, colonel. La partie est terminée. Vous n'avez aucune chance de vous en sortir.

– Laissez-moi passer ou je l'abats !

Bellanger qui avait suivi strictement les consignes de Georges s'était muni de la fameuse seringue hypodermique utilisée lors d'une mission. Il saute sur Herbert et lui enfonce l'aiguille dans le bras. Surpris par cette action, le colonel s'apprête à réagir, mais son corps ne répond plus, il laisse tomber son arme, alors que deux militaires le saisissent et le menottent.

– Ne me dis pas que cela aussi était prévu, lui demande Mélanie.

– Georges m'avait enjoint d'avoir cette seringue sur moi, aujourd'hui, lui précise Bellanger.

– Tu es un véritable filou, mon petit commandant, insiste le colonel Martins, je te félicite.

– Merci, Luc.

La délégation repart en embarquant manu militari Herbert et Gérald.

– Allons chercher Henri, Georges.

Mélanie se précipite dans le bureau du professeur que Bellanger vient d'ouvrir. Ils se sautent dans les bras l'un l'autre.

– C'est fini, c'est fini. Georges a tenu sa promesse, vous voilà libre.

– Je ne sais pas comment vous avez fait, mon ami, mais je vous remercie du fond du cœur.

– Je n'ai fait que mon devoir, Henri.

Les interrogatoires des deux coupables auront permis d'éclaircir quelques zones d'ombres sur le déroulé des évènements. Le colonel Herbert et Gérald avaient passé un accord. Le premier laissait l'opportunité au second de prouver la véracité de sa théorie, et en contrepartie, il s'assurait de lui apporter les deux modules en fin de mission afin qu'il puisse revendre la technologie au plus offrant. Très vite, un autre objectif tout aussi lucratif germa dans l'esprit de Gérald, s'enrichir avec le vol de brevet, ce que Herbert accepta en contrepartie d'un pourcentage sur les gains. Mais, Mélanie et Georges commençaient à devenir des obstacles importants. La décision fut prise alors par les deux complices de trouver un moyen de les éliminer. Après un premier échec lors de la bataille de Pampelune, ils prirent la décision d'essayer de les assassiner lors de leur retour dans le présent. C'est ce à quoi devait servir la mission de 1793, Herbert avait omis un élément important ; les cinq minutes de décalage. Ainsi surpris de leur retour rapide, il n'a pas pu mettre en œuvre son plan.

Cette dernière mission relatant le début de la chute du mur de Berlin, fut également celle de la chute d'Herbert et de l'uchroniste.

<u>Histoire</u>

Le jeudi 9 novembre 1989 à 18 h 53 précise, Günter Schabowski, un membre éminent du Politburo du régime communiste de l'Allemagne de l'Est, tient une conférence de presse au palais de la République. Il est présent devant les caméras afin d'expliquer les nouvelles décisions du comité central du parti à propos des règles de voyage entre les deux Allemagne. Il sort de sa poche un bout de papier sur lequel sont inscrits quelques mots griffonnés rapidement. Il indique que l'Allemagne de l'Est a décidé de laisser ses ressortissants voyager à l'étranger. Aussitôt, un journaliste lui demande quand cela entre-t-il en vigueur. Contre toute attente, Schabowski ne connaît pas la réponse, personne ne lui a rien précisé. Alors, il improvise et répond : « À ma connaissance… immédiatement, sans délai ». Quelques heures plus tard, le mur tombait.

Le passé est un abîme sans fond qui engloutit tout ; l'avenir est abîme qui nous est impénétrable.

Louis-Philippe de Ségur - <u>Le passé et l'avenir</u>

É P I L O G U E

Quelques jours plus tard, tout le monde se retrouve dans les locaux du SVT. Le sergent-chef Bellanger, promu adjudant, à la lourde de charge du transfert de tout le matériel et documents dans les archives classées du ministère de l'Intérieur. Tous ses anciens collègues sont venus lui prêter main-forte : Mélanie, Georges et le professeur Wells.

—   Professeur, je ne comprends pas. Je ne retrouve aucun signe de vos travaux. Ils semblent avoir totalement disparu de nos systèmes, indique Bellanger.

—   Il y a fort à parier qu'Herbert a voulu assurer ses arrières en ne laissant aucune trace, lui répond Georges.

—   Je dois avouer que j'en suis assez soulagé. Savoir qu'une telle technologie puisse atterrir dans de mauvaises mains. Mais, j'y pense, professeur, il reste vos documents papier.

—   Je crains qu'eut aussi est disparus, mon jeune ami, lui répond-il avec un léger sourire.

– À la bonne heure.

– Qu'allez-vous dire à vos supérieurs, Bellanger ?

– La stricte vérité…

Chacun l'observe avec attention, dans la crainte de sa réponse.

– La vérité ?

– Oui. Le colonel Herbert a détruit l'ensemble des documents afin de n'avoir que les seuls exemplaires de la machine du professeur.

Ses interlocuteurs paraissent soulagés de la conclusion de l'adjudant.

– Évidemment, vous avez entièrement raison. Nous en sommes tous arrivés à la même conclusion.

– En attendant, surenchérit Bellanger, il va nous falloir nous débarrasser de ces modules… si nous voulons être certains que nul ne puisse s'en servir un jour.

Tout le monde scrute le regard du professeur, le moment fatidique est enfin arrivé.

– Henri ?

– Euh, oui.

– Vous n'avez pas changé d'avis ?

– Pas le moins du monde. Mais… je ne sais pas comment les détruire.

– Pardon !

– Mais, vous m'aviez dit que si nous rattrapons le présent, les modules sont automatiquement désactivés.

– Oui, mais pas détruits.

– Il doit bien y avoir une solution, insiste Georges.

Mélanie réfléchit un moment, puis se lance.

– Que se passerait-il si nous envoyons le module principal dans le futur ?

– Il se détruirait instantanément et quelques minutes plus tard, le second aurait le même sort.

– Super ! faisons comme cela !

– Tu oublies un détail, mon amour. Il faut qu'une personne parte avec le module pour le déclencher, en l'occurrence moi.

– Effectivement, ce n'est pas une bonne idée. Mais, dans toutes les inventions, le savant prévoit un système d'autodestruction.

– Non, pas toujours, lui répond Henri. Mais… attendez… oui, bien sûr… c'est risqué, mais ça devrait marcher.

– Dites-nous.

– Pour faire simple…

– … oui, nous préférerions.

– Donc, comme je disais. Pour faire simple, les piles atomiques des modules alimentent toute l'électronique. Il faut savoir que l'énergie est tellement forte, qu'il existe un refroidissement interne, sinon le module fondrait.

– Désactivons le système de refroidissement.

– C'est impossible, Georges… en théorie c'et impossible…

– C'est quoi votre solution, alors ?

– Nous avons prévu une sécurité au cas où nous aurions besoin de changer la pile atomique. Même sans cette alimentation, il reste une énergie résiduelle qui permet au système de refroidissement de fonctionner pendant deux minutes.

– Nous ne voyons pas où vous voulez en venir, Henri.

– Après deux minutes, il y a encore de l'énergie résiduelle… suffisamment pour faire fondre le module.

– Où est le risque ? Ça m'a l'air plutôt simple.

– Le deux minutes sont théoriques. Ça pourrait aussi bien être cinq minutes que deux secondes… nous n'avons jamais pu le tester.

– Qu'attendons-nous ? Allons-y, répond Georges. Donnez-moi les instructions et je vous les enlève ces foutues batteries.

– Vous oubliez un détail, mon ami.

– … Non !

– Nous n'avons pas le choix, je suis la seule à pouvoir intervenir.

Georges demeure figé un long moment, il ne peut pas se résoudre à laisser courir un si grand risque à sa future épouse qui porte son enfant.

– Ok. Mais je reste près de toi. S'il doit t'arriver malheur, je ne pourrais te survivre.

Mélanie tente de dédramatiser la situation et lui répond avec un petit sourire.

– Tu fais si peu confiance à Henri ?

– Que tu es bête ! Allons détruire ces horreurs.

Seuls Mélanie et Georges sont restés dans le bureau. Ils se regardent et s'embrassent avant qu'elle ne défasse la première pile… rien ne se passe… elle ôte la seconde. Georges la prend immédiatement par le bras, et sortent tous les deux précipitamment rejoindre leurs collègues à l'extérieur.

Au bout de deux minutes, un sifflement se fait entendre.

– Je crois que mes calculs étaient bons, dit en riant le professeur Wells.

– Vous êtes un génie, lui répond Georges en le prenant par l'épaule.

En fondant, les deux modules ont créé un énorme trou dans le plancher en béton armé, et les restes ont atterri dans le vide sanitaire du bâtiment.

Quelques mois plus tard, le SVT est officiellement dissout, Bellanger a rejoint le service sécurité informatique du ministère de l'Intérieur, le professeur Wells jouit d'une retraite bien méritée. Après leur mariage et la naissance de leur fille Eve, Mélanie et Georges ont pris quelques semaines de repos. Georges a été promu colonel et a intégré la même unité que son ami Luc, quant à Mélanie, elle a récupéré une chaire d'histoire à la Sorbonne.

Mélanie vient de coucher la petite Eve, et s'assied près de son époux.

– J'ai quelque chose de très important à te dire à propos de nos voyages temporels.

– Es-tu certaine que cela soit nécessaire ?

– Oui, je ne peux pas garder cela pour moi.

– Je t'écoute, lui répond-il d'un air inquiet.

– Il y a quelques jours, j'ai vu Henri, et nous avons eu lui et moi un long entretien.

– Que vous êtes-vous raconté qui apparaît si important ?

– Il voulait me confier un lourd secret qui le hantait.

– Ça commence à être intéressant.

– Je t'en prie, Georges. C'est très sérieux.

– Oui, excuse-moi.

– Henri voulait m'expliquer comment il avait découvert son invention.

– Découvert ? J'aurai dit créé.

– Justement… un jour, une inconnue est venu le voir chez lui pour lui donner les plans d'une machine, elle disait provenir… du futur.

– Tu plaisantes ?

– Pas le moins du monde. Henri m'a précisé que sa première réaction fut de rire. Mais, en étudiant attentivement les plans, il s'est rapidement rendu compte que ce n'était pas un canular… il avait devant lui les derniers chaînons manquants de ses années de recherches sur le sujet.

– Incroyable ! Mais qu'est devenue cette inconnue ?

– Elle est venue lui rendre visite régulièrement afin de s'assurer que ses travaux avançaient bien. Puis un jour, alors qu'Henri avait réussi à mettre au point le module, elle a réapparu une dernière fois. Elle lui a indiqué qu'il allait vers des mois semés d'embûches, mais qu'il était important de poursuivre les tests…

– C'est assez étrange comme recommandation.

– Tu vas voir que non. L'inconnue l'ayant mis en garde, lui a précisé qu'elle avait fait le nécessaire pour qu'un homme soit intégré au projet et lui vienne en aide.

– Tu ne veux pas dire que…

– Si, Georges. Il s'agit bien de toi. C'est cette inconnue qui a déposé ton dossier auprès du ministre.

– Donc Henri savait pour moi.

– Non, il ne l'a compris que bien plus tard.

– Et Henri n'a jamais su qui était cette inconnue.

– Si… le dernier jour, elle lui a précisé qu'elle s'appelait… Eve.